境界捜査

安東能明

祥伝社文庫

目次

空室の訪問者

1

――プ・プ・プ・プ
手にした受信機が信号音を発した。

結城公一警部は、同乗している部下の顔を見やった。

どの顔も緊張がピークに達している。

「行くぞ」

短く声をかける。

受信機を放り、ワゴン車の外に出た。駐車場を走り抜け、鉄柵をまたいで道路に降り立つ。生け垣をまわりこみ、両開きのガラス戸を押し開けて、マンションのエントランスに入った。

郵便局の配達員がエレベーターから降りてきた。玄関から出てきたのと入れ違いに中に入り、エレベーターに乗った。

部下は、目線を合わせてこない。先月、着任したばかりの寺町由里子巡査だけが、結城の顔をのぞきこんでいた。

「打ち込んだらすぐ、ブツを押さえる。いいな」

「了解」小西康明（こにしやすあき）巡査部長が答える。

「イッさんはただちに、家宅捜索に着手」

「了解」と石井誠司（いしいせいじ）警部補。

「寺町はおれといっしょに被疑者対応。抜かるなよ」

「はい」

言うと寺町は息を吸いこみ、腰の特殊警棒の柄（え）をつかんだ。

結城も腋（わき）の下のホルスターに手をあてた。シグ・ザウエルの硬（かた）い感触が伝わる。万一にそなえて、小型拳銃を携行している。

五階に着いた。通路をひとかたまりになって歩く。おのおの、白手袋をはめた。五〇三。

表札はなく、ドアスコープもない。オートロック式、鉄製の頑丈なドアだ。

チェーンカッターを持った小西が、結城の左手についた。

全員の顔を見やり、だまってうなずく。

チャイムに手をあてがい、押した。

呼び出し音が奥で鳴った。

「どちらさま？」

マイクから男の声が流れる。

「日本郵便です。書類をお渡しするのを忘れていました」

「ちょっと待ってよ……」

足音が近づき、内側からロックの外れる音がしてドアがわずかに開いた。

青黒い翳(かげ)りのある男の顔が見えた。

結城は足先を開いたすき間に差しこみ、一気にドアを引いた。

ドアノブを握りしめた男が、つられて飛び出してきた。

手にしている物はない。

小西とともに結城は玄関に身を滑り込ませた。

面食らったような男の眼前に、警察手帳を突きつける。

「生活安全特捜隊(せいかつあんぜんとくそうたい)……」

男はつぶやくように言った。

「稲葉(いなば)友昭(ともあき)さんですね？」

「そうですが」

「覚せい剤取締法違反、ならびに関税法違反容疑で家宅捜索を行います」

ジーンズ姿の寺町が差し出した令状を稲葉はじっと見つめた。抵抗する様子はない。

小西がわきをすり抜けて、居間に入っていく。石井と寺町がそれに続いた。

稲葉の右上腕部をつかんだまま、結城は部下を見送った。

「発見っ」

居間から小西の甲高い声が上がった。

結城は男を連れて向かった。

四人がけの机の上に、小包が置かれている。二十センチ四方、厚さ五センチほどだ。SAL便と呼ばれる国際小包用のラベルが張られている。

「これはいま、あなたが受けとった荷物にちがいないですね?」

結城が稲葉に声をかけると、

「ええ」

とだけ答えた。

小包の宛名にローマ字で住所と氏名が書かれている。

TOMOAKI INABA
マニラからの発送で、送り主欄にはフィリピン人名。

五日前に見たものと同じだ。箱のあちこちがひしゃげている。

「よし、開けろ」

小西は小包のテープをていねいに剝がし、封を開けた。

中身を取り出して、机の上に置く。

植物の葉片を乾燥させて固めたものが、薄紙にくるまれている。乾燥大麻だ。用心深くラップをはずし、葉片をよりわける。白い粉の入ったビニール袋が出てきた。

小西が肩に下げたショルダーバッグから、検査キットをとり出し、机に置いた。慣れない手つきで、ビニール袋の粉を少量、キットの中に入れ、透明な試薬を投じた。

一分ほど待った。

すると、キットにあるものが青く染まった。

結城はそれを指し、稲葉に向かって、

「覚醒剤反応が出たぞ。わかるな」

と問いかけた。

稲葉はけげんそうな顔のまま、結城を見つめた。

「身体捜検」

結城が声をかけると、石井が服の上から稲葉の身体検査をはじめた。足下まで済ませると、石井は結城の顔を見上げてうなずいた。

結城は、懐から逮捕令状をとり出し、その顔に突きつけた。

「稲葉友昭、覚せい剤取締法違反、ならびに関税法違反容疑で逮捕する」

寺町が稲葉の腕に黒い手錠をかけた。

稲葉は口を半開きにしたまま、あっけに取られたように手錠を見下ろした。

結城がその肩に手をあてがい押し込むと、稲葉はくずおれるように椅子に座りこんだ。

「はじめてくれ」

　と部下に言い放つ。

　三人はいっせいに散っていった。

　横浜税関から、東京都北区赤羽在住、稲葉友昭あての国際小包に大麻と覚醒剤が入っている、との情報が入ったのが五月五日火曜日。直接、連絡を受けた生活安全特捜隊副隊長の内海康男は、ただちに、コントロールド・デリバリー態勢をとった。充分な監視のもとに現物の違法薬物の配達を継続させ、被疑者に到達した時点で現行犯逮捕する。麻薬特例法で認められた泳がせ捜査の手法だ。

　略してCDと呼ばれるこの手法は、時間との戦いになる。荷物が税関手続きを終え、荷受け人に配達されるまでの短い時間の中で、荷受け人の身辺を捜査し、隠匿された薬物の真の受取人を見つけなければならない。今回は万一のときにそなえて、稲葉あての小包の中に、小型発信機もとりつけた。

　火曜日以降、五日間という短期間で稲葉周辺の捜査を行った。そして、日曜日の今日、配達に合わせて逮捕に踏み切ったのだ。

　稲葉友昭は四十五歳。商事会社の樹脂事業部に勤務するサラリーマン。赤羽駅東口のスズラン通りに近いマンション、エクセラ赤羽に住み、千代田区神田にある会社へ通勤している。フィリピン人の妻とふたり暮らしで子供はいない。前科はなし。

出勤してから帰宅するまで、六人態勢で尾行と張り込みを続け、行動確認を行った。自宅も結城班以外の班が二十四時間態勢で監視をした。携帯と自宅電話の通話記録も調べた。

稲葉は会社と自宅のあいだを行き来するだけだった。金曜日の夜、鶯谷駅で発車間際の電車から下車した際、小西と寺町のペアが追いかけて失尾したのみで、それ以外は、べったりと張りついた。

稲葉は通勤路にあるスーパーで食材を買い求め、自炊をしていた。洗濯も自分でしているようで、妻の姿は五日間のあいだに、一度も見かけなかった。

その稲葉を連行して結城班が警視庁本庁舎に着いたのは、午後三時をすぎていた。二階の取調室に身柄を運び入れた。生活安全特捜隊の本拠地は文京区にある富坂庁舎におかれているが、留置施設はない。

取り調べは石井と小西にまかせて、結城は留置管理課の控え室に入った。制服姿で待ちかまえていた内海は、いつもの憂い顔ではなく、満悦らしい微笑みを浮かべていた。

くわしい報告を済ませると、内海は、

「尿検査はどうだ？」

と訊いてきた。

「出ました」

「そうか、出たか」

稲葉はあっさりと採尿に応じた。

出るものが出れば、言い逃れはできない。

内海は続ける。「身体に注射痕はなかったと言ったな？」

「ありません。〝アブリ〟で使ったものと思われます」

アルミ箔の上に覚醒剤を載せ、ライターであぶって気化した煙を吸う方法だ。

覚醒剤反応が出たことを知らせると、稲葉はそれまでの従順な態度をがらりと変えた。覚醒剤など使った覚えはない、注射を打ってもいないぞ、と腕を見せながら強弁した。

家宅捜索の結果、ほかに覚醒剤は見つからなかった。失尾した金曜日の夜、覚醒剤を手に入れ、ホテルなどでそれを使ったと思われた。大麻取締法違反の逮捕令状の執行も済ませたことも内海に話した。

「いずれ、認めるだろう。それはそうと、ブンヤに気づかれてはいないな？」

「大丈夫です。記者らしき人間はいっさい、目撃していません」

「検察への身柄送致はいいな？」

「あさっての朝、送致ということで、書類はすべて準備できています」

「そうか、そうか」

言いながら、内海は席を立ち、両手をこすり合わせながら結城の前を往復する。

本来ならコントロールド・デリバリーは、今回の倍以上の人員と時間をかけて捜査対象者の内偵をする。密輸組織がからんでいることが考えられるためだ。しかし、便の到着が遅れると被疑者に怪しまれるため、迅速な捜査が求められる。稲葉がふつうの会社員であることに加え、妻がフィリピン人であることから送り主の特定もできると見て、捜査期間は短縮してもよいというのが内海の判断だった。

「あとは女房か。どうだ、見つかったか？」

「本人から聞き出しました。現在別居中とのことです」

内海の足が止まった。

「別居？　どこにいるんだ？」

「住所は本人も知りません。ただ、店にはいるとのことです」

「例のフィリピンパブか？」

「そこにいると思われます」

妻の稲葉カロリーナは現在、三十八歳。十八年前、二十歳の時に来日して、以来、ずっと日本で生活している。稲葉と結婚したのは七年前だ。

カロリーナは赤羽駅近くにあるフィリピンパブでママをしている。パブの持ち主は稲葉だ。

「ヤサはまだ割れていないのか？」

「まだです」

「くそっ」

「昨日の晩、小西を潜りこませて探りを入れてあります。風邪を引いて先週、店には顔を出していませんが、今日の晩から出てくるとのことです。今日じゅうにヤサは割れると思います」

「そっちはだれが受け持つ？」

「うちの三組でやります。見つけ次第、行確（行動確認）に入ります」

「ほかのフィリピン人従業員は？」

「第一班の応援をあおぎました。同様の措置をとります。聞き込みもはじめました」

　警視庁生活安全部に所属する生活安全特捜隊には二百名ほどの隊員がいる。十二名単位の班で構成されていて、結城のような警部がひとつの班の指揮をとる。結城は第二班の班長だ。班は四人編成の三つの組に分かれている。

「抜かるなよ」

「わかりました」

　カロリーナを行確すれば、覚醒剤密輸が組織的に行われているものかどうか判断できるはずだ。いざとなれば、逮捕という手もある。

「万一、組対から連絡が入ったら、わかってるな？」

「はい、風営法違反の捜査過程で得た情報と伝えます」

「よし」

「横浜税関の横井さんへの報告はお済みですか？」

「したした。喜んでたぞ。落ちたら即、記者会見だ」

「あとはしっかり起訴に持ち込まなければいけませんね」

該当するフィリピン、マニラ発のSAL便は、今月の四日、成田空港に到着した。翌日、川崎外郵出張所で横浜税関の麻薬犬による検査を行った際、中から大麻、覚醒剤などが見つかった。その情報は、横浜税関監視部の統括審理官である横井博史から、内海あてに直接、もたらされた。横井と内海は大学の同窓で、飲み仲間なのだ。横井の好意にむくいるために、万が一にも、処分保留で釈放などあってはならない。

留置管理課の控え室を出ると寺町が廊下に立っていた。

ショートヘア。グッチのワンボタンスーツを普段着のように着こなしている。二十八歳。すっと通った鼻筋に涼しげな眼差し。警視庁の桜美人と言えるだろう。電機メーカーの重役を父に持ち、海外生活が長かった。そのくせ、趣味の合気道は六段という武道好きが高じて、警察官の道を選んだらしい。所轄署のミニパトでは満足できず、生活安全の刑事講習を受けて、この春、生活安全特捜隊に送り込まれてきた。三十までは結婚せずと宣言する仕事一辺倒の女子だ。

「なにかあったか？」

「組対のことが気にかかってしまって……」

「それはいい。石井と小西を呼んでくれ」

取調室に走った寺町を待つと、三人してもどってきた。

「イッさん、どうだ？」

石井は頭をかきながら、

「それが、どうも……」

と小西の顔をちらりと見やった。

「野郎、尿から出たのに、認めないんですよ」

今年、巡査部長に昇進した小西が追いかけるように言う。山の手生まれの三十二歳。風俗好きを自認する独身男だ。

尿から覚醒剤反応が出た以上、覚醒剤を使ったのは明白だった。しかも、ここ数日のことだ。アブリで使ったときは、三日以上経過してしまえば尿検査で陰性になる。

「まあいい。そのうち、吐くだろ」

「班長、例の件ですが、ゆりっぺ……いや、寺町がずっと気にしているものですから」

と石井にしては珍しく言葉を選びながら訊いてきた。固太りの五十六歳。都民農園で土いじりをするのが趣味。結城が頼りにする部下だ。

「組対のことだろ?」

寺町が心配そうにうなずく。

「記者連中には洩れていないよな?」

「ええ、それはもう絶対」小西が請け合った。

「ブツもあるし、起訴するまでは向こうも手出しはしてこないだろう。どうだ、そんなところでいいか?」

寺町は安堵の表情を浮かべ、

「はい」

と上ずった声で答えた。

言ってはみたものの、一抹の不安はぬぐえない。

覚醒剤事犯の摘発は組織犯罪対策部が所管する。コントロールド・デリバリーは、生活安全部ではなく、組織犯罪対策部が行う捜査手法なのだ。

しかし、今回はたまたま内海の個人的なつながりから、情報がもたらされた。本来なら組対部へ知らせる必要があるが、内海が強引に上層部を説き伏せて、生特隊で当たることになった。

七年前の改革で、生安部にあった薬物対策課は組織犯罪対策部に移った。しかし、それまでは覚醒剤の摘発は、生安部の独擅場でノウハウも蓄積されていた。組織が変更されたあとも、覚醒剤事犯については、組対部は生安部と協力して当たることと内規にある。いざとなったら、内海はそのことを持ち出す腹でいるのだろう。

それはそれで、かまわないと結城は考えていた。

警視庁に入庁して十九年。警察学校当時から、結城は一貫して刑事志望だった。しかし、現実は甘くなかった。交通課勤務が長かった。転機が訪れたのは去年の春だ。

――生活安全特別捜査隊班長を命ず。

生活安全特捜隊といえば、刑事事件以外の雑多な事案を受け持つ一執行機関だ。風俗取り締まりに精を出す〝新人研修機関〟などと部内でささやかれることもある。しかし、派手さこそないが、刑事に変わりはなかった。夢中になって仕事に打ち込んだ。地味な事件の裏側にも、ぬきさしならない事情があることを思い知らされた一年だった。

「それより、小西、稲葉の女房は来るんだろうな？」

「来るに決まってますよ」

「ほんとうかあ？」

石井がからかうように言う。

「来ますって」

「大枚、三万も払ったんだからな。まちがってましたじゃ、済まされねえぞ」

「だから、来ますって」

「ゆうべ、若いフィリピーナからたっぷり、サービスをしてもらったんだろ？　骨抜きになっちまってねえだろうな」

「そ、そんなことあるわけないじゃありませんか」

ちらちらと寺町をうかがいながら、石井は皮肉った。

「どんなサービスをしてもらった？　三時間もねばったじゃねえか」

今度は小西が寺町の顔色をうかがうように、

「国費捜査ですよ、国費。あくまで捜査の一環ですって」

寺町がぷっと噴き出した。

覚醒剤事犯は国の予算が潤沢につくのだ。

「国費といったって打ち出の小槌じゃねえぞ。しっかり、裏を取るのがおれらの商売だ。いいな、ゆりっぺ……いや寺町も」

「ゆりっぺでかまいませんけど」

小西があいだに入った。「名字と名前をつないで、〝マチ子〟ってどうです？」

「おう、それがいい」

「まあまあ、イッさん、それくらいで勘弁してやってくださいよ」

小西は照れくさそうに寺町に向かって、

「えっと、じゃあ、マチ子……取り調べ、おれと代わってくれない？　これから自分は三組と合流して、カロリーナの行確に当たるから」

と虚勢を張った。

寺町がまじめな顔つきで結城を見やる。

「小西、今日だけだぞ」

「了解」

「まちがっても、今日は店で遊ぶなよ」

からかった石井の顔をにらみつけると、小西は身を翻（ひるがえ）した。

「寺町、小西といっしょに行け」

「えっ、いいんですか？」

「取り調べはおれとイッさんでやる」

「班長が？」

「いいから、行け」

「わかりました」

見送った石井が、

「大丈夫なんですか、あのふたりにまかせて」

とつぶやく。

「若い者同士、なにごとも経験」

「今回はあとに引けないですよ。ところで、さっきの件ですけどね……」

石井は組対のことをむし返した。

「イッさん、今度ばかりはやってもいいんじゃないかと思ってる」

「班長、いつから事務屋びいきになったんですか?」

副隊長の内海は捜査畑ではなく、警務をはじめとする管理部門に長くいた。言ってみれば役人。失点を極度に恐れる減点主義者だ。その内海のことを石井は陰で事務屋と呼んでいる。

「そう言われると困るな」

「実を言うとね、わたしも今回、驚いているんですよ。あの御身大事(おんみだいじ)の男が組織の縛りをすっ飛ばして、こっちに引っぱってきたんですからね」

「そうだな」

コントロールド・デリバリーはあくまで組織犯罪対策部の所管だ。それを、あえて生安部でやろうといったのだから、内海はそれなりの覚悟でいるはずだ。

組対部が知って問題化すれば、生安部はなんらかの処分を下すしかない。

そうなれば、内海は二度と立ち直れないところまで追い込まれるだろう。

「あの御仁(ごじん)、五十四でしたっけ?」

「イッさんのひとつ下」

「とにかく、来年か今年の秋には異動ですね」

「そうだな」

内海の出世欲は衰えていない。次回の異動では、本庁警務部の管理官を狙っているはずだ。しかし、生特隊で目立った働きができなければどうか。所轄署の警務課長あたりへ飛ばされる可能性もある。それだけはなんとしてでも避けたいと思っているはずだ。そこへ、今回の話が持ち込まれた。

渡りに舟。ここは組織などにかまっていられない。大きな花火を打ち上げて、人事一課の覚えをよくしておきたいと考えているのは明らかだった。

「班長」じろりと石井は結城に目をくれた。「ひょっとすると、けしかけたんじゃありませんか？」

「人聞きの悪いことを言うなよ、イッさん」

万事、石橋を叩いて渡るあの内海が、あえて愚行に出ようとしている。

内海の口からこの話が出たとき、結城がやってやろうじゃないかと思ったのはたしかだ。杓子定規な所管の問題など、くそくらえだ。

2

油で汚れた窓ガラス越しに、寺町は通りをながめた。ひっきりなしに酔客が往来している。日曜の夜というのに若い男は少ない。

「何時になったら閉店するのかしら」

寺町が言うと、ハツをくちゃくちゃと噛みながら、小西が、

「終電まで、小一時間はあるな」

とつぶやいた。

「まだ、あの中は盛り上がっているんですね」

「最高潮だろうな」

「明日から仕事がはじまるのに」

「関係ないよ」

「赤羽って、エスニックな街ですね」

「アジアっぽいな」

アジア？　ちょっと意味がちがうけど、まあ、いいか。

「もう、そろそろこのお店も閉店ですね。どうします？」

「まだ、いいじゃないか。さ、食べて食べて」

すっかりくつろいだ感じで、小西は焼き上がった肉を押しつけてくる。

「レバーってだめなんです」

「あ、そうだっけ」

と、小西はレバーを口に放りこむ。

端から見れば、自分たちはカップルに映っているだろう。小西はそのことを苦にしているどころか、楽しんでいるようにも見える。仕事だから仕方ないが、寺町自身はいまひとつなじめない。というか癪にさわる。

軽くため息をつき、通りの向かい側にある毒々しいネオンサインを見やった。ピーチ。看板には、若いフィリピン人女性の写真がべたべた張られている。稲葉がオーナーのフィリピンパブだ。

またドアが開いた。身体にぴっちりしたドレスを着たフィリピーナに抱きかかえられて客が出てきた。いやがる女の頰にむりやりキスをすると、男は駅方向へ去っていった。

「ほんとに盛り上がってるみたいですね」

へっ、と小西はノンアルコールビールとともに、レバーを呑み込んだ。

続けて四、五人の客がまとまって店を出てきた。お開きが近いようだ。

「ほんとにさっきの女がカロリーナですか?」

十一時半過ぎ、客を送るために出てきた黒いドレスの女がいた。

あれが稲葉の妻らしい。

「まちがいない。店の中に写真があったし」

「若いように見えたけど、あれで三十八歳なんですか?」

「遠目にはな。近づいたら、おばちゃんじゃないか」

ピーチのまわりには、三組の捜査員が散っている。通りを流す捜査員もいれば、不動産屋の軒先(のきさき)で張り込んでいる者もいる。小西と寺町がいる焼肉店は張り込みの最前線だ。小西によれば八名の従業員は全員フィリピン人らしい。

午前零時(れいじ)に近いのに、パチンコ帰りの客や飲んだくれにまじって、キャバ嬢やコンパニオンが闊歩(かっぽ)している。

赤羽駅東口のパチンコ屋が軒を連ねるあたりから南に下ると、怪しげな風俗店が密集している。ピーチはそのど真ん中にある。

「このあたりって、フィリピンパブが多いですよね」

「ここから川口(かわぐち)や蕨(わらび)にかけて、フィリピン人がわんさと住んでるからさ」

「じゃ、ピーチの従業員もそっちに?」

「たぶん。東京都の条例が厳しくなって、このあたりの店も京浜東北線(けいひんとうほく)でふたつめの西川口(にしかわぐち)に流れていったし」

「風俗にくわしいのは、ほんとうみたいですね」

小西は心外とばかり、寺町をにらみつけた。

「仕事でくわしくなったんだよ。仕事でさ。お」

ピーチのネオンサインがぱっと消えた。胸元が大きく開いたドレスの上に、ブルゾンやジャケットを羽織ったフィリピーナたちが、ぞろぞろ出てきた。閉店したようだ。耳に装着した無線機のイヤホンから、外で張り込んでいる捜査員の声が入感した。

〈……こちら、須藤、いちばん前の赤ドレスの行確に入る〉

〈……こちら……〉

三組の捜査員が尾行をはじめたのだ。

〈こちら、小西、了解しました。カロリーナはまかせてください〉

寺町が店の精算を終えると、もう小西の姿はなかった。

あわてて外に出る。

駅方向にある、明かりを消したパチンコ屋の横に、トレーナー姿の小西の後ろ姿が見えた。小西の十メートル先に、ハイヒールを履いたフィリピーナらしき女がふたりで歩いている。小走りで小西の後方についた。

駅前通りに出るあたりで、ふたりは左右に距離をとりはじめた。

小西がぱっとこちらをふり向き、人差し指を突き立てて、右手につけと合図を送ってきた。熟女キャバクラの看板の下、黒いドレスを着た女が、すっと角を曲がった。

カロリーナ――。

小西は、駅方向に向かった女の背を指し、〝おれはこっちにつく〟と口をぱくぱくさせた。

ええ？　カロリーナは小西巡査部長が追うんじゃなかったの？　まったく、こんなときでも若い女の子にくっついていっちゃうんだから。

寺町は駆(か)け出した。ぐずぐずしてはいられない。

カロリーナを見失ったらたいへんだ。別居中とはいえ、早晩、夫が逮捕されたことを知るはずだ。そうなったら、行方(ゆくえ)をくらましてしまうかもしれない。

なんとしても、住処(すみか)を見つけなければ。

キャバクラの角をまわりこむ。消費者金融や個室ビデオの店の看板が目につく路地だ。

黒ドレスの女がコートをまとったのが見えた。

寺町は息をととのえ、女から三十メートルほど後方についた。シルクロードと書かれたアーケード街の入り口を通りすぎる。ふいに暗がりに消えたので、寺町はあわてた。急ぎ、路地に入る。

暗い。おまけに狭い。右手は塀(へい)だ。ゴミ箱がやたらと目につく。臭い。人ひとり通るのがやっとだ。かまわず進む女についていく。錆(さ)びついたトタン板が継(つ)ぎ接(は)ぎされたバラックが続く。商店街の裏側だ。塀の向こうは、小学校のグラウンドだろう。

行き止まりを左に曲がった。距離をつめる。女はアーケードの端にさしかかっていた。顔見知りと会うのを避けるために、路地を通ったのかもしれない。おでん屋の提灯の明かりが女の顔を照らした。

カロリーナだ。南北線の赤羽岩淵駅方面に向かっている。だんだんと街がさびれてくる。岩槻街道の大通りに沿って並ぶマンションを通りすぎ、道路を渡った。そこで、また路地に入った。足を速める。

ふいに現れた昭和初期を思わせる建物が軒を連ねる路地に寺町は面食らった。車も通れない。ぼろアパートを過ぎて、カロリーナは黒っぽい建物の中に入っていった。目を凝らして見ると、建物がまるごと蔦で覆いつくされている。古びたマンションのようだ。

追いかけて寺町も中に入った。蛍光灯が点滅している。二階に上がっていく足音が聞こえた。階段に足をかけたとき、女同士が罵り合う声が伝わってきた。足をとめた。息をひそめて聞き耳を立てる。女の声だ。日本語ではない。タガログ語だろうか。カロリーナの部屋に別の女がいたのだ。

激しく打ち付けるような、ドアを閉める音が響き渡った。

廊下を歩き出した足音がした。寺町は建物から出て、マンションをうかがえる電信柱の陰に入った。

蛍光灯の明かりが一瞬、女の顔を照らした。きれいな眉をした面長の女だった。目つきが鋭い。栗色の長髪をなびかせて、道に出てきた。日本人のように見える。店の従業員だろうか。看板にはなかった顔だが。

駅方角に去っていく女をやりすごし、寺町はマンションの中にもどった。集合郵便受けの二〇五号室にカロリーナの名前が記されているのを確認して、結城の携帯に電話を入れた。

結城はすぐ出た。自分がいる地番を報告する。

「わかった。そこにいろ、五分で車を送る」

「わかりました。待っています」

自分以外の捜査員の動きを訊く前に電話は切れた。長い夜になるかもしれないと寺町は思った。少しも疲れなど感じなかった。念願の刑事となり、はじめてたずさわる悪質な事案だからだ。どんなことがあろうと、あの稲葉という男を懲らしめなければ。

3

翌朝。

結城は赤羽公園の裏手にあるマンションの一室で短い眠りから覚めた。捜査拠点として借り上げている3LDKの広い部屋だ。各部屋に簡易ベッドを持ち込んで、ちょっとした捜査本部ができあがっていた。横たわったまま、伸びをする。覚醒剤事犯は国費捜査で、捜査費は国から下りる。金があるというだけで、万能感を覚えた。稲葉の取り調べのことなど、ささいなことのように思える。げに、金の力は恐ろしい。

朝食の買い出しに出る捜査員やパソコンで調べものをする者など、朝からあわただしい。好物のカツサンドと缶コーヒーの朝食をとりながら、結城は聞き込みに歩いていた捜査員から話を聞いた。

八時過ぎ、カロリーナの自宅を車で張り込んでいた寺町がもどってきた。

結城の顔を見つけると、ほっとしたような感じで傍(かたわ)らにやってきた。徹夜明けで、メイクを落とした顔は、いくぶん疲れがにじんでいる。

「どうだった？　はじめての張り込みは？」

「あっという間でした」

寺町は百メートル走を走りきった小学生のような初々(ういうい)しさで答えた。

「お手柄(てがら)だったな」

「いえ、小西巡査部長のリードのおかげです」

コンビニのにぎり飯を差し出すと、あっという間に胃におさめた。

「そうがっつくなよ」

結城の言葉が耳に入らないらしく、二個目を口の中に押し込み、もごもごと口を動かしながら、

「稲葉は落ちましたか?」

と訊いてきた。

よほど、稲葉のことが気にかかるらしい。

「仕事のことはいいから、まず食べろ」

「はい」

ようやく気がついたとばかり、寺町は腰を落ち着けて、ペットボトルのお茶に手をつけた。おにぎり、ヨーグルト、カレーパンと片づけてから、結城と向かいあった。

「稲葉だがな、残念ながら……だ」

夕食をはさんで、夜の十時まで取り調べをしたが、稲葉は頑として否認している。携帯の通話記録にも、怪しい人物は浮上していない。妻のカロリーナへも、ここ二週間ほど電話をしていないことを伝えると、寺町は間髪を容れずに口を開いた。

「カロリーナの携帯の通話記録からなにか出ましたか?」

「相手先はほとんどフィリピン人のようだ。人定はむずかしいな」

「そうですか。従業員のヤサは割れましたか?」

「川口で二カ所、三人がまとまって、いっしょに住んでる。のこりの二人は、蕨のアパー

トだ。いまごろおネンネだろうよ」

　名前と住所が書かれたメモを渡すと、寺町は目を通して返してよこした。まだなにか、言い足りなさそうな顔つきだ。

「疲れているだろ。奥で休め」

「いえ、いいです。徹夜は慣れています」

「まだはじまったばかりなんだ。先は長いぞ」

「ですが、もう稲葉は逮捕されたんですし。カロリーナだって……」

「逮捕状は請求するから安心しろ。それより、外国人は手間がかかる。覚えておけよ」

「あっ、はい」

「どうだ、寺町、たまにはロジにまわるか？」

「ロジ？」

　ロジスティック・サポート。つまり後方支援だ。

「今日の晩あたり、すき焼きでもいいじゃないか。ひと眠りしたら、食材でも買い出しに
……」

　いまにも嚙みつきそうな顔つきの寺町に、結城はそれから先をのみこんだ。

「報告をさせていただきます」

「なんの報告だ？」

「秋本（あきもと）ハイツの聞き込みをしてきました」

ソーセージマフィンをほおばっていた小西が寺町をふり向いた。

秋本ハイツは結城も自分の目でたしかめてきた。蔦に覆われた古くさい三階建てのマンションだ。カロリーナは二階の二〇五号室にいる。

「ぼやぼやしている時間はないですから」寺町は言った。「大家に訊きました。二〇五号室は二年前からピーチ名義で借り上げられています。いまは、カロリーナがひとりで住んでいることになっています」

「海渡り、パブにつとめる、大年増（おおどしま）」小西が言った。「別居して行くところがないんだろうな」

それを完璧に無視して、寺町は、

「ひとり暮らしじゃないと思います」

と答えた。

「どういうこと？」

小西が訊いてくる。

寺町はカロリーナを尾行してマンションに辿（たど）りついたときのことを話した。そこには別の若い女がいて、口論の末、女はマンションを出ていったという。

「別の従業員か……おい」結城は小西に向きなおった。「八人というのはガセか？」

「うーん、まちがいないと思いますけどねえ」

「女の子の、ほかのところを調べていたんじゃないだろうな？」

「人聞きの悪いことを言わないでくださいよ」

「マチ子……寺町、大家はなんと言ってる？」

「二十歳すぎくらいの若い女が、ちょくちょく出入りしているのを見かけるということでした。たぶん、ピーチの従業員だと思います。でも、フィリピーナじゃなくて日本人みたいでしたけど」

「そりゃジャピーナだよ、ジャピーナ」

「どっちでもいい。聞き込みに出るぞ」

「もうですか？」

「早く裏をとれって、イッさんからせっつかれてる。ぐずぐずするな」

「そうだ、班長、すっかり忘れてましたけど、この近くで顔見知りのデカに出くわしたんですよ」

「赤羽署のデカだろ」

「ええ」

「いつ会った？」

「おとといの夕方。なんでも覚醒剤の密売所とかがあって、最近、すっかり忙しくなってきたとかなんとか言ってましたっけ」

覚醒剤の売人は街の至る所に出没する。赤羽も例外ではないだろう。しかし、小西の話は気にかかった。

「小西巡査部長、本当ですか？」

寺町が真剣な眼差しで訊く。

「どうして言わなかった？」

ふたりから問いつめられ、小西は、

「稲葉のマンションの打ち込みで手一杯だったじゃないですか」

と弁解がましく言った。

「その場所は訊いたか？」

「いえ」

「訊いてみろ」

「いまですか？」

「あたりまえだろ」

赤羽東本通りを北に向かった。二ブロック過ぎた交差点を左に曲がる。五差路にさしかかった。信号はない。中層ビルが立て込んでいる。

「このあたりなんですけどねー」

　小西が地図と首っ引きになっている。

「スピードを落とすな。酒屋を左折しろ」

　結城が命じたとおり、寺町はハンドルを左に切った。

　五十メートルほど走ったところで道路が交差した。

「そのトラックの陰に入れ」

　寺町はスピードをゆるめ、二トン車の横にマーク X（エックス）を停（と）めた。

　結城は後部座席の端から、トラックの荷台ごしに走ってきた道をふりかえった。五差路に面して、白っぽい五階建てのマンションがある。一階が駐車場になっている。そこに、スモークが張られたワゴン車が、頭から突っ込む形で停まっていた。見る者が見ればすぐ、それだと見当がつく張り込み用の車だ。

　たぶん、道の反対側にあるマンションを監視しているのだろう。

　小西も首を伸ばすように、結城と同じあたりを見ながら、

「あれだなあ、いかにもって感じだ」

「あの、班長……気づかれませんか？」

　寺町が口をはさむ。

「いや、脅（おど）すために、わざとああしているのかもしれん」

寺町は気が気でないようだ。

「あ、杉山(すぎやま)」

言うと小西は助手席から降りて、歩き出した。

「小西、なにする気だ？」

「あいつです、赤羽署の……ちょっとたしかめてきます」

「やめろ、行くな」

結城の呼びかけは届かず、小西は早足で歩いていった。

五差路を渡り、ワゴン車をまわりこむように運転席側に消えた。

二分ほど、動きがなかった。

いきなり、小西は、後ろ向きのまま、小突かれるように押し出された。続けて車の陰から胴長のいかつい男が現れた。小西に向かって言葉を吐くと、すぐに車にもどったようだった。

小西は背中を丸めるようにしてもどってきた。結城の横に乗り込んでくると、大きく肩で息をついた。

「どうしたんだ？」

「まちがいないです。赤羽署です」

「そうでしょうか？」

「あのずんぐりしたのが杉山か？」

「いえ」

「小西巡査部長、なにを言われたんですか？」

寺町が訊いた。

「それが……首を突っ込むなとか」

「むこうも、ヤクの張り込みをしていたのか？」

「マチ子、さっさと出して出して」

寺町は結城の顔をふりかえり、前方を向いて車を発進させた。

「班長」小西が小声で言った。「署に行けと言われました」

「だれに言われたんだ？」

「さっきの刑事」

「おまえを小突いた奴か？　どこのだれだ？」

「組対です。松崎とか言ってました」

まったく、余計なことを。

勝手な真似をして、こちらの動きが悟られてしまえば、元も子もない。

今回のヤマは、生特隊が単独で手がけているのだ。赤羽署にはひと言も伝えていない。

せっかくのネタがこんなことで、表沙汰になってしまうかもしれないのだ。

赤羽署。

二階の生活安全課に足を踏み入れた。防犯係の係員が席を立ち、別室に案内される。ドアを開けると、八人がけのテーブルの窓側に、生特隊副隊長の内海がすわっていた。どうして、副隊長がこの場にいるのだ?

内海と向かいあわせで、背広姿の五十代の男がふたり、席に着いている。

小西と寺町を立たせたまま、結城はとりあえず内海の横の席についた。

結城が入ってきたのも気づかないように、目の前にいるふたりは、血走った目で内海をにらんでいる。

内海に耳打ちすると、消え入るような声で、

「組織犯罪対策第五課の中尾課長と大野管理官」

とつぶやいた。

事態が少しずつのみこめてきた。まずいことになったと結城は思った。

組対五課は、本庁の組織犯罪対策部に所属し、薬物捜査を受け持つ。その本庁の課長と管理官が直々にお出ましということは、稲葉の件が露見したのかもしれなかった。

ドアが開いて、頭を刈り込んだ胴長の男が入ってきた。黒のTシャツにジャケットを羽織っている。その筋の人間にしか見えない。いましがた、小西を小突いた男だ。中尾の横

にすわり、「組対五課の松崎警部です」と名乗った。

「そういうことで、いいですね。内海さん」

大野管理官が低い声で言い放った。

「は……はい、では、明日にでもということで」

「明日？」大野の声が一オクターブ上がった。「ただちに、身柄を渡してもらわんことには、話にならん、話に」

「いや、昨日の今日ですし」

「今日もへったくれもない。だいたい、あんたたちが勝手なことをするから、こんなざまになるんだ。どう、落とし前をつける気なんだ」

「で、ですから……」

「内海さん、あのね」中尾課長が割り込んだ。「うちはもう、二カ月前からこの署と合同で特捜本部を立てているんだ。そこにもってきて、薬物捜査とは無関係なおたくらがくちばしをいれてきたんだ。成り行きによっては、人一に報告しなきゃならない事態なんだよ。その点、わかってるのか、あんたは」

人一……人事一課。監察が出てくるということだ。

内海は伏し目がちにふたりを見たまま、声を発しなくなった。

結城が口火を切るしかなかった。「あの稲葉友昭の件ですが、あれはうちが風営法違反の捜査中にとったネタ……」

「いきさつは聞いた。だまれ」

松崎が押し殺した声で言い放った。

結城はそれにかまわず続けた。「今回はＳＡＬ便で、緊急を要しました。その関係でやむなく着手した経緯があります。そのところを、是非……」

ＳＡＬ便はエコノミー航空便の略称で、通常の航空便よりも、少しばかり日数がかかる。しかし、船便とくらべれば断然早い。

「いつから生特隊は他人様の家に土足で上がり込むようになった？」

松崎が言うのを制するように、中尾は懐から一枚の紙をとり出して、結城の前に置いた。

赤羽周辺の地図だ。赤羽駅と隅田川のあいだに、三つの点が記されている。どれも、マンションやアパートらしい名前が書き込まれていた。

「結城さんとか言ったな」松崎が口を開いた。「ここにある三つの集合住宅の空き室に、架空名でフィリピンから送られてきた航空便が投函されていた。その中には、十から二十グラムの覚醒剤が入っていたんだよ」

「空き室……ですか？」

結城はまじまじと地図を見つめた。

建物の名前と号室は書き込まれているが、それだけだ。

二カ月前から、ここに覚醒剤入りの航空便が届いていたというのか？

「成田空港から入ったＥＭＳ（国際スピード郵便）の航空便だ。税関で検査を受けて、麻薬犬が反応した。東京税関から、うちに通報が入ったのは三月二日。見た目は手紙の入ったごくふつうの封筒だ。次の週にも、同じルートで覚醒剤入りのＥＭＳが二通、ほぼ同時に届いた。それがこの三カ所だ」

「大麻は入っていなかったのですか？」

「覚醒剤だけだ」

「その三カ所をコントロールド・デリバリー態勢で？」

「そうだ。五十人態勢で張り込みを続行中だ」

「受取人はわかったんですか？」

大野は首を横にふり、

「封筒は手つかずのままだ。前に住んでいた人物に当たったが、みな、事件とは無関係だ」

「送り手側は？」

「インターポールを通じて照会をかけているが、まだ判明しない」

「……『首なし事件』ですね」

犯人等が不明の事件のことだ。結城が言うと、松崎の顔がぱっと赤らんだ。

身を乗り出してしゃべりだそうとするのを、中尾が制止した。

「そこにもってきて、今度の稲葉だ」中尾が苦々しそうに言った。「うちの組対部長が知ったのは昨日の夜だぞ。おたくの生安部長から直接、連絡が入ったんだ。こっちは真夜中に部長から呼び出しを食らって、怒鳴りまくられた。いったい、どうしてくれるんだ?」

「……首なし事件のことは、まったく承知しておりませんでした」

生特隊の内海は、横浜税関から通報を受けた。一方の組対は東京税関。別々の税関から通報を受けたために、別系統でふたつの捜査態勢がとられたのだ。生特隊は独自で拠点をもうけ、かたや組対部は赤羽署の刑事組織犯罪対策課と合同で捜査本部を立ち上げた。

「この件については話し合う余地はない。ただちに、稲葉をこちらに引き渡せ」

結城は言葉につまった。内海はだまったまま、返事すらしない。

「それはわかるのですが、うちも検察への身柄送致の準備を進めておりますし……」

「そんなことは関係ない。決定事項だ。ぐずぐず言わずに、ここへ連れてこい。以後、このヤマから手を引け」

「勾留請求まで、お待ち願えませんでしょうか」

「だから、この件は決定事項と言ったろ」

松崎が割り込んでくる。

「せめて、明日まで……」

　そのとき、寺町がふいに声を上げた。

「昨夜来の稲葉の行動と言質からしまして、うちが手がけた事犯は、組対部が行っている事犯と必ずしもつながっているとは言えません」

　内海が口を半開きにして、寺町の顔を見つめた。

「稲葉の内偵をすすめた現段階で、別ルートによる単独犯の可能性が否定しきれません。したがいまして、このままの状態で組対部に事犯を引き渡すのは、承服いたしかねます」

　整然とした口ぶりと落ち着いた態度に、結城も聞き入っていた。

　しかし、このまま放っておくこともできなかった。刑事になりたての平捜査員が本庁の課長にたてつくなど、見たことも聞いたこともない。

　小西に目配せすると、寺町の腕をつかんで外に連れ出させた。

　寺町の気持ちは理解できるが、ここは我慢してもらうしかない。

　ふいにそれまでだまりこんでいた内海が背筋を伸ばし、口を開いた。

「たしかに分掌にない事犯を手がけたことは認めます。しかし、短期間ではありますが誠心誠意捜査を進めてきました。部下に責任はありません。せっかく手がけた事件です。せめて、あと十日、いや、五日でもいい。やらせていただけませんか」

　結城は三人の男の顔を見やった。

思わぬ反撃に返す言葉が見つからないようだった。

4

結城は本庁にもどった。残された道は、稲葉友昭の自供を引き出すことしかなかった。石井を留置管理課の控え室に呼び出し、取り調べの進み具合を訊いた。

「それが昨日と変わりありませんのです」

石井は弱り切った顔で言った。

「覚醒剤反応が出ているのに?」

「それが覚醒剤など、見たこともさわったこともないの一点張りなんですよ。往生際が悪いというかなんというか」

「弁護士は?」

「午後いちばんで来ます。一言目には、『会社には内緒にしろ』ですよ。罪の意識なんて、これっぽっちもねえ。弁護士から悪知恵でも授けられたらやばいですよ」

「そうだな」

結城は組対に嗅ぎつけられた事情を説明し、検察への身柄送致をふくめて五日間の猶予が与えられたことを話した。

「だから、言わんこっちゃないんだ」

石井はそれ見たことかと、語気を強めた。

「とにかく、見てくれ。この三カ所だ」

結城は組対から渡された地図を広げ、

「まだ、こいつがうちと同じヤマとは決まっていないんだ」

と弁解した。

「箱入り大麻じゃなくて封筒だからですか?」

「それもある。被疑者が同じなら、目立たない封筒を使うはずだ」

石井は眉根を寄せ、

「どうでしょうかね。覚醒剤は同じなんだし」

「とにかく、稲葉を落とすしかない。イッさんだけが頼りだ。どうだ、いけそうか?」

石井は目をそらし、小さく息を吐いた。

「髪の毛は採ったか?」

「多めに採取しました。昨日の晩、科捜研にあずけてきましたから」

長いあいだ覚醒剤を常用すれば、頭髪に覚醒剤が残留する。直近の覚醒剤使用の証拠にはならないが、取り調べで有利な材料になるはずだった。

「それより、奴の女房のほうはどうですか?」

石井が訊いてくる。

「従業員もふくめて、全員、ヤサが割れた。そっちも家宅捜索令状を取りに行ってる最中だ」

「早くかかってくれませんか」

「むろんだ」

「ブツが出てくるのを祈るばかりです……」

「大丈夫。きっと出る。どうした？　イッさん」

「野郎、別居してるのが気になっちゃってね」

「稲葉はなにか言ってるのか？」

「いや、ただ別居というだけで、わけを訊いてもいっさい、しゃべらないんですよ」

「これかな」

結城が小指を立てると、石井もうなずいた。

「カロリーナって、けっこうな歳ですからね。ほかに女を作ってるかもしれませんよ」

「その線はあるな。あの歳になって別れた日にゃ、カロリーナは日本にいられんぞ。子供もいないし」

「だから、それをつなぎ止めるために……」

覚醒剤を常用している可能性のある夫に、覚醒剤を継続して与えることができれば、別れられなくなる。そう、カロリーナは考えたのではないか。

「女房がフィリピンから覚醒剤を送らせた……」

石井はさもありなんという目で結城を見た。

「カロリーナは引っぱってくるんですよね？」

「もちろんだ。ガサ入れと同時にこっちに連行する」

「赤羽署じゃまずいですからね」

「そうだな。まちがっても、あそこにゃ置けん」

本庁なら組対部でも手出しはできない。

「しかし、組対で追っているヤマはどうなんですかね。別の場所ならいざ知らず、うちの目と鼻の先でCDやってるんだから。班長は、あくまで無関係だと思いますか？」

「いや、偶然の一致にしてはできすぎていると思う」

「ですよね。しかし、どうなんだろうな」石井は腕組みをして考え込んだ。

「どうって？」

「組対はうちを張っているんじゃないですかね……」

「かもしれない」

「いいんですか、それで？」

「その件は副隊長と話した。うちもやる」

石井は身を乗り出した。「えっ、組対を張り込むんですか?」

「一班、十二名を投入した。もう、張り込みについているぞ。乗りかかった舟じゃないか。副隊長はとことんまでやる覚悟だぞ」

「班長もでしょ」

結城はにやりと笑った。

「イッさんもその気で当たってくれよ」

石井はそう言われて、頭をかいた。

「五日か、金曜までの勝負になりますね」

「ぐずぐずできんぞ」

5

稲葉の身柄を組対に引き渡すのが決まったらしく、寺町は気が急(せ)いていた。カロリーナは玄関に立ち、家宅捜索をする様子を見つめている。かれこれ一時間はたつが、覚醒剤らしきものを見つけることができない。1DKの部屋だから、探すところは限られている。

カロリーナ本人から聞き出すことはあらかた済んでいた。

埼玉の蕨に出向いている捜査員から電話が入り、部屋から出て、進捗(しんちょく)状況をたしかめ合った。

　部屋にもどると、トイレから出てきた小西が首を横にふった。潮時のようだ。これ以上、探してもむだらしい。小西に目配せをして、カロリーナをふりかえる。関税法違反容疑の逮捕状を見せた。

「カロリーナさん、署までご同行願えますね？」

　思ったとおり、すぐ反論がかえってきた。

「どうして？　なにも悪いことなんかしてないよ」

　ジーンズに白いTシャツ姿のカロリーナの顔色はさえない。身体全体に肉がついて、肌は荒れている。昨晩見た人物とは別人のようだ。

「それは署でゆっくり聞かせてもらいますから」

「もう、話したよ」

「ですから、もう一度くわしく」

「オーバーステイなんかじゃないよ。わたし日本人と結婚しているんだから」

「わかっています。さあ、お願いします。なにもなければ、お帰りいただきますから」

　なだめすかして、車に乗せる。

　寺町は小西が運転する別の車に乗り込み、本庁を目指した。

「従業員のほうはまだ時間がかかりそうです。踏み込んだとき、もぬけの殻だったところもあるみたいですし」

寺町は言った。

「逃げられたって？」

「ちがいます。近くの工場とか弁当屋さんに働きに出たあとだったらしくて。そっちへまわって身柄を確保してから、いま、任意で家宅捜索に応じてもらっている最中です」

「へえ、昼も働いてる？」

「一家を背負って来ているんですよ、彼女たち」

「そりゃわかるけどさ。カロリーナみたいに日本人と結婚しちゃうのも多いんじゃない？」

「ええ、でも、うまくいっているのは三分の一くらいなものです」

「さすが、社会学の学士様。その調子で、カロリーナの取り調べもたのんますよ」

こんなときに嫌味など聞いていられない。それに、社会学ではなくて児童心理学の専攻だが、この際、どうでもいい。

メモを見ながらカロリーナから聞き出したことを話した。

レイテ島タクロバンの出身で、八人兄弟の上から二人目。海沿いのバラック小屋に住み、一日一食しか食べられない極貧家庭育ち。二十歳のとき、マニラでオーディションを受け、興行ビザで来日した。フィリピンパブや国際電話のオペレーターとして働き、七年前に当時勤めていた池袋のフィリピンパブで稲葉と知り合い、結婚したという。

「法改正に間に合った口か」

「そういうことになりますね」

二〇〇四年、当時、イラク戦争に参加していたフィリピン軍が撤退した。そのことがアメリカの怒りを買った。アメリカ政府は経済制裁を目的として、日本政府に圧力をかけて興行ビザの発行を制限させた。多くのフィリピーナが、帰国を余儀なくされたのだ。

「フィリピーナが結婚相手に選ぶ日本人男性の理想像を知ってますか？」

「知らないけど」

「若くてお金持ちで、かっこよくて、浮気しないタイプが好かれます」

「ちなみにお金持ちというと？」

「小西さんでも充分、通用しますよ」

「どういうことなんだい、ほらこれ」

小西はふところから茶色い封筒をとり出して寄こした。

東京家庭裁判所の封筒ではないか。

中に入っている手紙を開いた。

家庭裁判所からの召喚状だ。

訴人は稲葉友昭。

カロリーナは離婚調停の申し立てをされているのか。

召喚日は五月十八日。一週間後だ。どうして、このことをカロリーナは言わなかったのだろう。言えない理由でもあるのか。

「もし離婚になれば、彼女は日本にいられなくなりますよ」

「まだ調停中だろ。彼女にも言い分があるだろうし。望みはあるんじゃないか」

そうだろうか。ふたりに子供でもいれば別だろうが。

「これって事件と関係しているんでしょうか?」

「どうだろうな。そのあたりも、叩いてみてよ。ということで、取り調べはまかせても大丈夫だよな?」

「えっ、わたしは立ち会いじゃないんですか?」

「マチ子が掘り当てたマル被(被疑者)だぜ」

取り調べを受け持つのは警部補か巡査部長のはず。一介の巡査の自分でいいのだろうか。でも、この際……。

「やります。やらせてもらいます」

「よっしゃあ、その意気」

勢い余って請けてしまったが、やはり心許ない。

「小西巡査部長、わからないことがあります。彼女が、フィリピンの知人なり、家族からブツを送らせたのはまちがいないと思うんです。でも、いまひとつ納得できないんです。見つかったら、自分のせいにされるのは目に見えてますし」

「そこをときほぐすんだよ」

「ですけど、この事件は、まだ時間がかかりそうな気がします」

「五日ぽっきりじゃ、無理だってか」

茶化された気がして、寺町はだまりこんだ。

「マチ子……いくら日が足りなくたって、今回ばかりは、やり通すしかないんだよ。なんてぇ説明すりゃいいのかなあ……」

「わかってます」

6

結城は車を有料駐車場に停め、そこからワンブロック歩いて、目当ての十五階建てマンションに入った。十四階まで上り、教えられていた部屋に入る。

ふたりの捜査員が窓に張りつき、望遠鏡と望遠レンズ付きのビデオカメラを向けている。

結城が声をかけると、捜査員の深沢(ふかざわ)が、

「空き室が結構ありますよ」

と答えた。

「ビデオは回している？」

「はい、回しっぱなしです」

「組対は気づいていないよな？」

「大丈夫です。現場からこの距離ですから」

望遠鏡を見るようにうながされ、レンズをのぞきこむ。

四階建ての小ぶりなマンションが視野いっぱいに広がった。一階は接骨院だ。レンズから目を離した。直線距離で三百メートルはある。ここならいいだろう。

「手前の豆腐屋の前、それからマンションの斜め前の駐車場にいます」

言われて、結城はふたたび、レンズ越しに見やった。

豆腐屋の前には、白っぽいセダンが、駐車場にはスモークの張られたワゴン車が後ろ向きで停まっている。組対の車にまちがいないようだ。

結城は組対がよこした地図を見た。

赤羽郵便局にほど近い赤羽南一丁目にあるフローラ赤羽というマンションだ。覚醒剤入りの封筒が投函されているのは、二〇一号室。受取人が来るのを組対はじっと待ち受けているのだ。

ほかの二カ所の集合住宅も、ここから一キロ程度しか離れていない。どれも、赤羽駅の東側にある。

「ブツ入りの封筒は残っているのか？」

「残っています。安田(やすだ)」

深沢が若いほうの捜査員に声をかけると、

「はい、自分が確認してきました。一階の玄関わきに全戸の郵便受けがありまして、こっそり見て確認してきました。入り口にロックはないですし、だれでも入れます」

と答えた。

「どんな奴が取りに来るんだろうな？」

「見当もつかないですね」

「動きがあったら、すぐ知らせてくれよな」

「わかりました。ばっちり撮ってますから」

結城はマンションを辞し、ほかの二カ所をまわってから本庁にもどった。

カロリーナの取り調べをしている寺町を呼び出した。

「どうだ、うまくいっているか？」

「ああ……はい」

「彼女は日本語はしゃべるんだろ？」

「はい、日本に長いですから。漢字も読めますし、ぺらぺらです」

「どうした？　浮かない顔して」

「彼女、素直に尿検査に応じたので、もしかしたらと思っていたんですが……」

寺町の口は重かった。

「覚醒剤反応は出なかったのか？」

「はい」

「大麻も？」

「出ませんでした。もうしわけありません」

「謝ることなんかないぞ。カロリーナはいま不安定な立場にいるんだ。覚醒剤をやっていることがばれたら、即、本国送りになる。だからといって、覚醒剤を送りつけていないとは限らんぞ」

「それはそうなんですけど、わたしには、彼女が嘘をついているようには思えなくて」

……それは、おまえさんがそう思い込んでいるだけのことかもしれんぞ。

「店の従業員たちはどうでしょう？　もう、連行されましたか？」

寺町はなおも訊いてくる。

「全員、西新井署に引っぱって、尿検査をした。みな、シロだ」

「そうですか、事情聴取は？」

「日本語をろくに話せないのが多くてな。いま通訳を派遣しているところだよ。八人中七人が今年に入ってからの入国だ」

「じゃ、彼女たちが手引きしたという線は限りなく薄いですよね」

「ああ、このままだと一晩泊まってもらって、釈放だな」

「釈放ですか……」

「カロリーナは亭主から離婚を突きつけられているんだろ？　なにか話したか？」

「いえ、まだなにも……。彼女、ひょっとしたらヤケになっているのかもしれないです」

「だから、覚醒剤の密輸をはじめたということか？」

「それはなんとも言えないですけど」

「とにかく、攻めてくれ。少なくとも今週中は釈放しない。もし、自信がなかったら……」

「そのときは小西さんに代わってもらいますので」

「そうしてくれ」

結城はそう言うと、石井を呼び出した。

こちらも変わりはなかった。

赤羽の捜査拠点に着いたのは午後七時を過ぎていた。拠点に泊まり込んで、五日目。レンタルの洗濯機があるので着替えの用意はいらない。それでも、自宅のふとんが恋しかった。しかし、このままでは終われない。なんとしてでも、緒についたばかりの事案を解決に導きたかった。しかし、残すところ今日を含めて五日……。

部下が鍋一杯に作った素うどんをかきこみながら、結城は届けられた録画テープを早送りで見た。組対部が張り込んでいる三カ所の集合住宅は、すべて一階の玄関に郵便受けが備えつけられていた。入り口もロックがなく、だれでも入ることができるという点で共通している。

ネギをたっぷりとふりかけ、二杯目のうどんを平らげる。

二本目のカセットを入れて、再生ボタンを押す。

5月11日　15時24分

軽自動車がマンションの横手にある駐車場に停まり、白っぽい服を着たふたりの女が車から降りてマンションに入っていった。はじめに見たカセットにも、これと同じような場面があったような気がした。結城は先に見たビデオを再生させて、該当するところまで先送りした。

5月11日　13時3分

つかさコーポという集合住宅だ。まわりに高い建物はなく、見通しがきく。二階建ての古いアパートで、二階の二〇一号室が空室。ここも、一階の道路側に郵便受けがまとめてある。

　アパートわきの駐車場に軽自動車が入っていくのを確認した。さっき見たのと同じような服装の女がふたり降りてきて、一階のいちばん西にある部屋に入っていった。三十分後、女たちが部屋から出てきた。駐車場にある車に乗り込み、走り去っていった。

　巻きもどして、軽自動車が映っているシーンで一時停止させた。

　車の側面に青っぽい柄が描かれている。青い葉に鈴のような花がついている。描かれた文字も判読できた。

　結城は思い当たることがあった。自宅のとなりにも、年がら年じゅう、これと似た車がやってくるからだ。

　結城は部下からネットとつながっているノートパソコンを借りた。

　グーグルの検索タブに、

〈スズラン　北区　赤羽〉

と入力する。

　結果はすぐ出た。想像していたとおりだ。

　社会福祉法人スズラン。

　本部は赤羽四丁目にある。

　スズランから派遣された介護士が、訪問介護のためにマンションを訪れていたのだ。

結城はため息をついた。

訪問介護に訪れた……ただそれだけのこと。

赤羽に限らず、老人のひとり住まいは多い。介護士が訪ねてきたところで、なんの不思議もない。

しかし、と思った。

組対が張り込んでいる二カ所に同じ車が来ている。偶然だろうか。

携帯でホームページにあるスズランの代表電話に電話をかけた。

身分を明かすと、井口という施設長が電話口に出た。

「えっと、またなんでしょうか?」

警察からの電話をいぶかしんでいる。

「そちらでは訪問介護をなさっておられますか?」

「はい、していますが……」

つかさコーポの名前を出すと、すぐ井口は反応した。

「また、その件ですか?」

「また……と仰いますと?」

「ひと月くらい前にも、警察の方から問い合わせがありましたけど」

「あの井口さん。つかぬことをおうかがいしますが、ひょっとして、フローラ赤羽にも顧客の方がいますか？」

「はい、そちらにも、まいりますが」

結城はしまったと思った。組対部はもう、二カ月前からずっと監視している。結城と同じ疑問を抱いて、問い合わせをしたのだ。

「そうですか、わかりました。失礼します」

と早々に電話を置いた。

結城がマンションの拠点に出向くため、準備をしていると、寺町が帰ってきた。残念そうな顔をしている。カロリーナの取り調べの結果は聞くまでもないようだ。

「すみませんでした。変わりないです」

「まだ、一日目じゃないか。そう肩を落とすなよ」

「はい……班長はこれからどちらへ？」

「組対の監視」

「なにか、動きはありましたか？」

「とくにないな」

「わたしも連れていっていただけますか？」

「それはいいが、取り調べで疲れているだろ？　飯は食ったのか？」

「来る途中に食べました。お手伝いしたいんです。帰りは歩いて帰ってきますから」

結城は根負けして、車に同乗させた。

車中、二カ所の集合住宅に、同じ会社の介護士が訪れていることを話した。

「偶然の一致でしょうか?」

「だと思うけどな」

「北区には、ほかにも社会福祉法人がたくさんあるはずじゃないですか?」

「あるだろうな。私立までいれれば、四、五十あるかもしれない」

「スズランに行ってみませんか?」

腕時計を見た。八時十五分。

「これからか?」

「はい、ぐずぐずしている時間はありません」

7

カーナビの画面は隅田川に向かって近づいていく。住宅街の中に、総タイル張りの四階建ての建物が現れた。二階と三階のバルコニーが張り出した、いかめしい造りだ。駐車スペースに車をいれ、自動ドアから中に入った。

受付で用件を伝える。

狭いロビーの壁に、紙でできた花があしらわれている。小学校の教室のようだ。リビングルームでは、三、四人のお年寄りがテレビを見ている。

背広姿にネクタイを締めた三十代半ばの男が現れた。電話で話した井口という施設長だった。介護施設の責任者というより、六本木(ろっぽんぎ)のダイニングバーの支配人といった感じがする男だ。

結城が名刺をさし出すと、生活安全特捜隊ですか、と井口は口にしづらそうに言った。

「先ほどはすみませんでした。少し確認したいことがありましてお邪魔させていただきました」

「あの……組織犯罪対策部の方ではないんですね」

しつこく名刺を見ながら井口は訊いてくる。

「わたしの所属はそこにあるとおりですが、組対部の者もこちらにうかがったと思います」

「電話だけでしたけど」

「そうですか」

「えっと、フローラ赤羽のことですよね？　もうひとつ、えっと、どこでしたっけ」

「つかさコーポです」

寺町が口をはさんだ。

「たしかに、そちらにはうちが担当させてもらっている利用者がいますけど、それがなにか……」

「志茂六丁目の平野マンションは、どうですか？」矢継ぎ早に寺町が言う。組対が張り込んでいる三つ目の集合住宅だ。「そちらにも担当されている利用者がいらっしゃいますか？」

「平野マンション……」しばらく考え込んでから、「ああ、あそこにもふたり、いるなあ」と井口は言った。

結城は寺町と目を合わせた。

「そちらにも、訪問介護という形で行かれるわけですね？」

「そうですね」

「入浴や食事の介助とかですか？」

「お年寄りは浴槽のへりが高いというだけで、入れない方も多いんですよ。入浴できない人は身体を拭いたりとかしますけど」

ふと、結城は稲城市にある老人ホームに入所している父親の益次のことを思った。いま、七十四歳。今年の一月、廊下でつまずいて転び、足首を骨折した。まるふた月、ベッドに横たわり、介助なしで歩けるようになったのは、先月のことだ。骨折は全快したものの、いったんよくなりかけていた認知症がまたぶりかえした。父と似たような老人がここにも入居しているのだろう。

「重度の方もいらっしゃいますよね？」

「もちろん。オムツを替えたりとか、当たり前にやりますけど」

「ほかはどんなことをしますか？」

「利用者によって千差万別です。掃除洗濯、食材の買い出しやご飯を作ったり。看護行為やマッサージはだめですが、ほかはなんでもしますよ」

「いま申し上げた三つの集合住宅に住んでいる利用者のことを知りたいのですが、かまいませんか？」

井口は意外そうな顔で、

「はい……名簿をご覧になりますか？」

「そうさせてください」

井口とともに事務室に移動する。

井口は机にあるバインダーを開き、該当する頁を開いた。つかさコーポの客だ。指し示す名前と部屋番号を寺町がメモする。

「この杉浦とよさんは、おひとりでお住まいですか？」

井口は名前の横をなぞり、

「いえ、五十二歳の息子さんとふたり暮らしですね」

「サービス内容は？」

「入浴と調理となってますね」

ほかの二カ所の集合住宅の客も同じようにチェックする。

フローラ赤羽の客を探していたとき、「あっ」と寺町が声を上げて、事務室の外を見た。女性の介護士が車椅子を押して、通りすぎていった。

「落合（おちあい）さーん、そろそろ寝るー」

鼻にかかった甘ったるい声が聞こえてくる。

「班長、ここ、お願いします」

寺町は言うなり、声をかける間もなく事務室を飛び出していった。

気の早い部下だと思いながら、改めて結城は、

「訪問する職員の方は、担当が決まっているんでしょうか？」

と訊いた。

「いちおう、決まっていますよ。同じ人間が行ったほうが早いし、利用者もいちいち説明しなくてもいいですから」

「その職員の方も教えてくださいますかねえ」

「ここにありますけど」

いましがた見た名簿欄の最後に、名前が記されてある。

フローラ赤羽の担当者の欄を見る。

小出（こいで）　速水（はやみ）

と書かれている。

今日見たふたりだろう。

「このお二方がご専門になさっているわけですね？」

「基本的にはこのふたりですけど……」

井口の言葉が要領をえなくなった。

「どうかなさいましたか？」

「えっと、ここだけの話ということで、お願いできますか？」

ふいにへりくだった態度を見せた相手を、結城はいぶかしげに見つめた。

「ちょくちょく、マリアにも行かせていまして」

「マリア？……外国人ですか？」

「フィリピン人です」

結城は息をのんだ。

――フィリピン人。

引っかかる。大いに。

資格のないフィリピン人を使っているのだろうか。だとしても、うちは関係ない話だ

が。結城はつとめて冷静に、

「今日も、そのマリアさんが行ったんですか？」

「いえ、今日は別の職員でしたが……なにか」

「井口さん、わたしは介護を担当する役所の人間じゃありません。ここでうかがったお話は、決して外には出しませんからご安心なさってください」

「ああ、はい……」

井口は話したことを後悔するように、しきりと目を動かす。

「こちらではフィリピンの方を何人、お雇いになっていますか？」

「五名ほどです。あっ、言っておきますけど、みな、正規のヘルパー資格を持っていますから」

「なるほど」

「雇っても、すぐやめていくのが多いんですよ。機械相手じゃなくて、人の世話をする仕事ですから、それなりのモチベーションがいりますが、その基本が欠けている人もいますし」

介護の現場はどこでも人手不足だ。仕事がきついうえに賃金が安いから、人が定着しない。

「こちらで雇われているフィリピン人の方はやはり女性が多いんですか？」

「はい。全員、女性です。三十代の人が多いですね」

「三十代というと……日本の在住者ですか？」

「日本にはどれくらいフィリピン人がいるかご存じですか？」

「知りません」

「二十万人以上いるんですよ。その二割近くが日本人と結婚した人なんです。だから、もともと日本語はできるし、フィリピンでは大家族の生活だったから、老人の世話をするのも抵抗がないんです」

ここ二十数年来、たくさんのフィリピン人が来日した。それなりに日本社会に溶け込んでいるのだろう。

「もとはフィリピンパブで働いていた女の子たちですね？」

「そうですね。日本人と結婚して子供ができて離婚というパターンが多いんですよ。でも、彼女らはコンビニの弁当工場くらいしか職場を選べない。最低賃金すれすれのところですよ。だから、介護の現場に入ってくるようになりました。区なんかでやってる無料ヘルパー講座を受けて二級の資格をとれば、どこでも受け入れてくれますよ」

いいことばかりのようだが、マイナスの側面もあるのではないか。

「文化がちがうとご苦労されることもあるんじゃないですか？」

井口は肩をすくめて、

「まあ、ないことはないですよ、そりゃあ。日本人同士だと時間外業務になっても、場の空気を読んで、カバーし合うでしょ。でも、彼女らはさっさと帰っちゃうし、勤務時間ぎりぎりにならないと来ないし。業務日誌はかならず日本語で書かないといけないんですが、漢字を覚えない子もいますし。なんといっても、現場からいちばん上がる苦情は、べたべたしすぎることですね」

「べたべたというと？」

「フィリピン人って、すぐハグしたりするでしょ。その延長で、なんでもかんでも、すぐ手を貸して助けようとするんですね。でも、介護はまず、自立をしてもらう、本人にできることはしてもらう、というのが基本なんですね。そこのところが、職員とぶつかってしまうんですよ」

「そうですか……井口さん、こちらで働いている方の名簿を見せてくださいませんか？」

「いいですよ」

井口は別のファイルを開き、名簿を見せてくれた。

「施設長」

開いたままの事務室のガラス戸から、エプロン姿の職員がのぞきこんでいる。

「また、坂本さんが……」

「わかった、すぐ行く」

問題のある入居者がもめ事を起こしたらしく、井口は、すぐもどってきますと言って出ていってしまった。

結城はコピー機にとりつき、急いで名簿をコピーした。五人のフィリピン人の履歴書も複写する。

マリアの名前は、マリア・レイエス。一九九〇年生まれ、フィリピン、バレンズエラ市出身、フィリピンにて日本語検定二級合格、昨年、ＥＰＡ（経済連携協定）のプログラムで、介護福祉士候補生として来日、四年後の介護福祉士の国家試験合格を希望、とある。今年十九歳になったばかりだ。

ほかの四人のフィリピン人はみな、三十歳を過ぎている。

井口が帰ってきたので、話を続ける。

「夜は職員が少なくなるので大変なんですよ」

「でしょうね」

結城の父親が入所している老人ホームも同じだ。

寺町がもどってきた。井口に、今日、聞いた話は職員には洩らさないようにと念押しして、事務室を辞した。

拠点にもどる車中、結城はハンドルを握る寺町に訊いた。

「どうした？　急に出ていったりして」

「それなんですけどね、班長」寺町は目を輝かせて続けた。「車椅子を押していた職員がいましたよね？」

「そいつを追いかけていったんだろ？」

「あの子、フィリピン人です」

「知ってる。五人、職員でいるぞ」

「ええ、聞きました。わたしが追いかけたのは、マリアっていう子です」

結城は名簿を見た。「一番若い子だな」

「マリアは、昨夜、秋本ハイツから飛び出してきた子です」

結城は顔を上げた。「カロリーナのマンションから出てきた女？」

「まちがいありません」

結城は疑念が深まるのを感じた。

「そうか……そのマリアだがな、組対が張っている三つのマンションの入居者を担当している」

「えっ、ほんとうですか？」

「前を見ろ前を」

「あっ、すみません」

寺町はあわてて、ハンドルを握り直した。

「マリアと話をしたのか？」

「いえ。彼女を知っている入居者から話を聞いてきました」

結城は胸をなで下ろした。事件となんらかの関わりがあると思われる人物に、警官を名乗って話を聞けば、相手は逃亡する恐れがあるからだ。

「どうだった？」

「すこぶる評判がいいんですよ。人気者って言っていいかもしれません。マリアに限らず、ほかのフィリピン人も評判は上々みたいです。最初のうちは、外国人なんていやだっていうお年寄りが多かったそうですが、いまは逆転してるみたいですね」

「べたべたしすぎるから、日本人スタッフとはうまくいかないらしいぞ」

「そうみたいですね。このマリアっていう子、すごく頭が良いそうなんです。褥瘡（じょくそう）、仰臥位（ぎょうがい）、班長、書けますか？」

「そりゃ書けない」

「彼女はすらすら書くんだそうです。介助のときも人一倍、親身になって面倒をみるというんです。それで、やりすぎとか日本人スタッフに言われて、喧嘩（けんか）になってしまうそうなんです」

若いから、なおさら衝突するのだろう。

「それで、施設側もマリアを夜勤にまわしたり、お洗濯のようなお年寄りと関わらない仕事をさせるようになったらしいんです。ですが、四月のはじめまでは、外国人は禁止されているらしいんですけど、訪問介護に出したりしていたようなんですよ」

——だから、マリアはあの三カ所の集合住宅を訪れたのだ。

「マリア」

と結城はつぶやいた。

寺町はすぐ反応した。

「フィリピンにいる家族に仕送りもしているそうなんですよ」

「感心な子だな」

「ですね。でもきっと……彼女、関係していると思います」

「その可能性はあるかもしれんな」

「わたし、さっそく明日の朝一で区役所に行ってみます」

「それはいいが、マリアがどこに住んでいるか知ってるか？」

「北区じゃありませんか？」

「西川口となってるぞ」

結城はコピーしてきた紙をバックミラーにかざした。

「わかりました。西川口ですね。外国人登録で調べてきます」

「カロリーナの取り調べは、ほかに替わってもらうか？」

「はい、できれば。調べが済み次第、もどります」

「よし、小西にも手伝わせよう」

「ありがとうございます。それから彼女の携帯の通話記録も」

「そっちはまかせろ。明日の朝いちばんに捜査員を送る」

寺町は大きく息を吸い込んだ。

「なにか、出てきそうですよね。わくわくします」

「そう力むなよ。明日は明日の風が吹くぞ。今日は早めに寝ろ」

「はい、そうさせてもらいます」

張り切る寺町を前に、結城の思いは少し別のところにあった。このヤマが片づいたら、まっさきに施設にいる益次を見舞いに行こう。なにか、罪滅ぼしをしなければと思うのだ。

8

五月十二日火曜日。午後三時。

検察に送致した稲葉は、十日間の勾留が決定した。その稲葉を組対部に引き渡すまで、残すところあと三日。

西川口駅近く、並木（なみき）五丁目。戸建て住宅と高層マンションのあいだに、ひっそりと二階建てのアパートが建っている。上下に三部屋ずつ。年季の入ったアパートで、二階のいちばん奥がマリアの住んでいる部屋だ。

共同便所のタイプで、風呂もない。駅に近いから五万円は下らないだろうが、マリアの経済力からして妥当な住まいだ。

「まだ、起きないかな」

ハンドルに身体をあずけている小西が言った。

「夜勤でしたから、帰宅は八時頃のはずです」

後部座席にいる寺町が答える。

ここは幼稚園の駐車場だ。張り込みを怪しまれることはない。

「親子とは驚いたもんですね」

「そうだな」

寺町は川口市役所の市民課を訪れ、マリアの外国人登録を調べた。そこで閲覧した登録原票には、マリアの母親として、稲葉カロリーナの名前が記されていた。マリアの正式な名前は、マリア・レイエス・ピノ。ピノは父方の苗字（みょうじ）だ。原票にあるカロリーナの生年月日も一致している。

「こんなことなら、もっとカロリーナを叩けばよかった」

小西は残念そうに言った。カロリーナの取り調べはほかの捜査員に替わっているのだ。

「だいたい、お前たちふたりはどんな取り調べをしたんだ？　娘の話題は出なかったのか？」と結城は口をはさんだ。

「無理言わないでくださいよ」寺町が言う。「こっちはそんなこと、ぜんぜん知らなかったんですから」

しかし、どうして、カロリーナは取り調べで娘のことを黙っていたのだろう。

「カロリーナのマンションにいた女のことは訊いたんだろ？」

「もちろん訊きましたけど、彼女にはそんな子はいないって突っぱねられて……マチ子、あの晩、マリアがカロリーナのマンションにいたのは本当なのか？」

「この目で見ました。まちがいありません」

「いたっておかしくないぞ。親子だから」

結城はあいだに入った。

「じゃ、どうして喧嘩なんてしたんですかね？」

「知りません。本人に訊いてください」

寺町が不機嫌そうにつぶやく。

「この際です。マリアも引っぱって、叩いてみたらどうでしょうかね？　あんがい、ころっていくかもしれませんよ」

「本当にそう思うか？」

「いえ……まあ」

「去年の渋谷の件もあるぞ」

去年の七月、渋谷のホテルに宿泊していた中国人男性あてに、中国から覚醒剤が五キロも入った壺が送りつけられた。このときも、CDによる捜査を行い、中国人を逮捕したものの、身に覚えがないと否認し続け、無罪放免になってしまった。犯罪を立証できる証拠がなく、荷受け人が否認すれば、事件として成り立たなくなるからだ。

それにと結城は思う。今回のCDは狭いエリアで四カ所同時に行われた。きっと、なにか裏がある。日を追って、単純な密輸ではないという思いが強くなるばかりだ。それを暴かないことには、一歩も進めないような気がする。

小西の携帯がふるえた。しばらく話し込んでから、電話を終えると結城に向きなおった。

「マリアの携帯の通話記録がとれました」

「そうか、早かったな。で？」

「カロリーナから、毎日のように電話が入ってるそうです。その逆はないみたいですね」

「娘からはかけないんだな？」

「ほとんどないそうです。フィリピン人の同僚とメールで連絡を取り合っているようですね。たまに、フィリピンにメールしているようですが、相手はわかりません」

「メールだけか？」

「はい、電話はほとんどかけていないようです。それと、気になる通話記録がまぎれ込んでいたと言ってます。今週に入って、マリアの携帯に、日に三度も四度も、トバシ携帯から電話が入っているらしいんですよ」

「トバシ携帯から？」

「はい」

トバシ携帯は闇で流通している持ち主が特定されない携帯電話だ。

「ところで、マチ子、マリアが来日したＥＰＡ（経済連携協定）ってなに？」

ふたたび小西が口を開いた。

「三年前、日本がフィリピンと結んだ協定です。介護の現場に外国人の受け入れを認めたんです」

「それよりも前から、フィリピン人って、介護施設で働いていたんじゃなかったっけ？」

「日本人の夫や子供がいる正式な在留資格を持ってる人に限られていました。ＥＰＡは在留資格に関係ありません。フィリピン側で選抜された個人が、四年間の期限付きで来日を認められるんです」

「じゃ、マリアは、向こうじゃ優秀だったわけだ？」

「そのはずです」

そこまで聞いて、小西は結城に向きなおった。

「班長、どうなんでしょうかね。このまま、彼女を張っていて、なにか出てくるんでしょうかね？　あと、三日しかありませんよ」

「組対が張り込んでいる三つのマンションに出向いているのは、マリアしかいないぞ。名簿を見ただろう」

「でも、ここひと月はマリアは訪問介護に出ていないわけだし。日本人の職員も疑ってかかるべきだと思いますが」

「その連中がフィリピンのルートを持っていると思うか？」

「そう言われると辛いですが……でも、どうして空き部屋なんかにヤクを送るのかなあ」

「わかれば苦労しません」

寺町が割り込んだ。

「春たけき、ヤクの行き交う、空き家かな」

小西のつたない句を聞きながら、結城は本庁にいる石井に電話を入れた。

石井の声はさえなかった。

「稲葉はどうだ、だめか？」

「さっぱりですわ」

「髪の毛の鑑定はどうだった？」

「出ませんでした。奴はシャブの常習者じゃないです」

……どういうことだ？　尿からは覚醒剤の反応が出たのに。最近になって、はじめたということか。

「弁護士はなにか言ってるか？」

「冤罪(えんざい)の一点張りですよ。班長、このままじゃ、野郎、ひょっとすると……」

「おいおい、イッさん、弱気になるなよ。ここで落とせなかったら終わりだぞ」

「それはわかっていますけどね。このヤマ、ヘタをして裁判員裁判にでも指定されたら、本当にまずいですよ。ほかはどうですか？」

結城は三カ所の集合住宅の張り込みを中止させ、社会福祉法人スズランへの聞き込みに捜査員を集中させていた。警官の素性がばれないように、見学者を装(よそお)ったり、施設に入っている食堂の従業員などから、内情を聞いているのだ。

「まだ、なにも報告は来ていない。わかったら、すぐ、そっちにも電話を入れる」

結局、この日、マリアは夕方の四時にアパートを出た。京浜東北線で赤羽まで行き、そこから徒歩でスズランに行った。尾行していた捜査員も、途中で接触した人物はない、ということだった。

9

五月十三日水曜日。午後六時。

稲葉の身柄引き渡しまで、あと二日。カロリーナの身柄の検察送致は無事終わり、十日間の勾留が決まった。

この日、マリアは帰宅せずに日勤で施設に残った。結城は小西とともに、張り込みについた。食事やシャワーは施設で済ませているようだ。遠くからマリアの顔をじっくりとながめた。

つり上がった目の下にできた黒いクマ。

あれはまちがいない。覚醒剤常習者の共通した顔立ち。

マリアは〝食っている〟。

仕事を終えたマリアは歩いて駅に向かった。栗色の髪が夕日に映えて美しい。歩くスピードはゆったりしている。

駅のガード下を歩いているとき、ふいに太い柱の陰から、野球帽を目深(まぶか)にかぶった背の高い男がマリアの腕をつかんだ。まわりに人はいない。

車道をはさんだ歩道にいた結城は身構えた。

マリアは必死で男の手をふりほどこうとしている。
口論する声がガード下にこだました。
――どうして、取りに行かないんだ。
男の声が聞こえ、マリアはタガログ語で応酬した。
男は業（ごう）を煮やしたように、マリアの身体を壁に叩きつけた。
マリアの後方にいる小西に、結城は手を出すなとジェスチャーを送る。
男は何者なのだ？
マリアに万が一のことがあったら、と危惧（きぐ）が頭をかすめた。
動きたい気持ちをおさえて、自販機の陰に隠れて見守る。
ここで、止めに入っては、それだけで終わってしまう。
赤ん坊を抱いた女がふたりに近づいていった。
男がマリアを離すと、マリアは一目散に駆け出して、駅の構内に入っていった。
男は親子連れをやりすごすと、男のうしろにつくように命じる。
結城は小西に目配せして、男のうしろにつくように命じる。
歩きながら、小西の携帯に電話をかけた。
「野郎の顔を見たか？」
「見ました」

「見覚えがあるか？」

「ありません」

「追いかけるぞ」

「了解」

男は赤羽駅の上りホームで電車を待っていた。マリアの住まいがある西川口には行かないようだ。

小西は男より先にある三号車の乗降口あたりのベンチにすわり、結城は階段の陰から男の姿を視界の隅に置いていた。

黒のクロップドパンツに灰色のパーカー、革製のポーチを肩から下げている。薄い口ひげを生やしていた。三十すぎというところか。うつむいて、右手に持った携帯を見ている。

大船行きの電車が滑り込んできた。乗車するときも、携帯をのぞきこんでいる。男は西日暮里駅で地下鉄千代田線に乗り換えた。さらに、北千住駅で東武伊勢崎線の急行中央林間行きに乗り込んだ。

車中にいるときも、歩くときも階段を上るときさえも、携帯から目を離さない。ネットにアクセスしているようだ。携帯中毒の女子高生のように見える。

……ひょっとしたら、マリアにかけてくるトバシ携帯の持ち主かもしれない。

男は曳舟駅で降りるとようやく改札を通り抜けた。慣れた足取りで住宅街を西に向かって歩く。結城は部下に電話を入れて動きを知らせた。小西とふたりで男につく。

スズランの聞き込みに出向いている捜査員から、立て続けに二件、報告が来た。

男は水戸街道を渡り、向島の商店街に入った。木造でシャッターが下りた店が多い。ピンクの街路灯に〝鳩の街〟と描かれた幟が風で舞っている。通りに提灯がかかったレトロな雰囲気の商店街だ。

米屋の角を右に曲がった。民家の塀に沿って歩くと、右手に廃墟のような店舗が見えてくる。元は電器屋のようだが、看板が壊れている。店は開いていないし、人が住んでいるのかさえわからない。男の身体が店舗のわきにある通路にすっと入り込み、裏口から中に入っていくのが見えた。

結城はうしろから歩いてきた小西を制した。男の入った家を教え、交番に走るように命じた。

結城はあらためて男の入った廃墟のような店舗の前を歩いた。

耳をそばだてたが、聞こえるものはなかった。

商店街の方へすこしもどった。老婆が店番をしている、二階建ての古い雑貨店が目にとまった。この家の二階からなら、男の家の様子が見えるはずだ。

結城はその店に入り、小西の帰りを待った。

10

五月十四日木曜日。午前十時半。

稲葉の身柄引き渡しまで、今日を入れてあと二日。

雑貨店の二階の窓を細めに開けて、元電器屋を観察する。十五分ほど前、野菜の入ったポリ袋を持った女が家の中に入っていった。

男の名前は千田淳彦(せんだあつひこ)、三十三歳。三十五歳になる水谷真希(みずたにまき)という女とふたり暮らしらしかった。交番の簿冊によれば、ふたりとも職業は会社員となっているが、これまでのところ外に働きに出る様子はない。

「動きませんか」

起き出してきた小西が窓をのぞきこんだ。

午前十一時十分。

結城は小西とふたりで、昨夜一晩中張り込んだ。

千田は家に入ったきり出てこない。

「班長、このヤマ、本当に明日一杯で引き渡すんですか?」

「組対との取り決めだからな」

「無理ですって。ここまで広がったんです。じっくりと攻めなきゃ落とせないですよ」

「…………」

「副隊長はなんと言ってるんですか？」

「期限の延長を組対に申し入れしている」

「どれくらい？」

「最低で一週間」

「よかった。腹へりましたね」

小西はペットボトルのコーラを飲み干した。

「へったな」

昨夜はカレーパンとトマトジュースだけだ。

「買い出しに行ってこいよ」

小西に千円札を二枚渡すと、小西はそそくさと立ち上がった。

「なにかリクエストはありますか？」

「わかってるだろ」

「カツサンドがなかったらどうします？」

「臨機応変に対応しろ」

「交代が来るぞ。タオルケットはたたんでおけ」

「へいへい」

小西はしぶしぶ、言われたとおりにする。

「おまえが寝てるあいだに、スズランの聞き込みに行ってる連中から情報が上がってきたぞ。先週の木曜日、同僚の職員がマリアと近くのスーパーに買い物に行ったとき、マリアはへんな二人組の男女にからまれていたそうだ」

「あの連中ですかね」

「ほかにいないだろう」

「いったい、なにしてるんだろ、こいつら、おっと……」小西の携帯がふるえた。「はい、こちら小西です……」

通話を終えた小西が結城をふりかえった。

「連中の通話記録がとれました。マリアの携帯にかかっていたトバシ携帯の発信地はここです」

やはり、そうか。結城はあらためて、向かいの家をながめた。

「野郎らはなんで食っていると思う？」

「マリアのこともあります。シャブの密売……とかですかね」

「その線が濃いかもしれんな」

「マリアも連中から買っていたんじゃないでしょうかね。借りがあったのかもしれないし」

「昨日のあれは、覚醒剤入りの航空便を取りに行かなかったのを責めていたのか？」

「そう見るのが自然な気がします。マリアはシャブをやりすぎて金が続かなくなったんですよ」

「そうかな……」

「あの連中だって金詰まりだと思いませんか？　マリアのようなネンネにまで、しつこくからんでくるんですよ。連中、金が底をつきかけているにちがいありません。手持ちのヤクがあれば、どこにでもすっ飛んで売りに行きますよ。おっ、やっと交代が来ました」

路地の向こうから、ふたりの捜査員が歩いてきた。

結城は窓から少しだけ頭を出し、軽く手を振って居場所を知らせた。

とにかく、徹底した行確がいる。シャブの取り引きの現場を押さえることができれば、それに越したことはない。

結城は小西とともに、赤羽の拠点にもどった。

組対からもらった猶予期間は明日一杯で終わる。稲葉はおろか、せっかく、ここまで切り開いてきた捜査の一切合切を組対に譲らなくてはならない。屈辱だ。聞き込みに出ていた捜査員が続々とやってきて、報告をした。ひとつだけ、良いネタがあった。千田とその女の使っている携帯の通話記録に目を通した。不特定多数の電話番号が並んでいる。ところどころ、携帯の番号の横に名前が記されているのは、過去、覚醒剤使用で逮捕されたことがある人間の携帯電話だった。四人いる。千田はシャブの密売人にまちがいないようだ。

決断するべきときが近づいていると結城は思った。しかし、まだなにか足りない。

夕食後、結城は稲葉の基礎捜査をしたときの資料に、もう一度目を通した。傍らで、寺町が稲葉のマンションの中を撮影したビデオを見ている。稲葉が住んでいるマンション、エクセラ赤羽の管理人から押収した防犯カメラの映像だ。結城も横からのぞきこんだ。DVDデッキの早送りボタンを押して、六分割された画面を見る。総世帯数は二十軒ほどで、さほど出入りは多くない。

四月二日の午後七時半。背広姿の稲葉が玄関に現れた。そのうしろからふたりの女が入ってきた。片方はすぐわかった。カロリーナだ。髪の長い女と腕を組んでいる。

「こっちはマリアじゃないですか」

画面に見入っている寺町がつぶやいた。

結城はカロリーナの横にいる女の顔を見つめた。

「そうだ、マリアだ」

しかし、なぜ、マリアがこんなところにいるのか。

続けて、エレベーターの中。

マリアはひどく不機嫌そうな顔をしている。稲葉が降りたあと、なかなか出ようとしないので、カロリーナがむりやり、連れ出した。

通路を三人して歩いていく後ろ姿が映り込む。

それを見ていると、結城はふと、頭の中で事件のピースがはまっていくのを感じた。

午後九時すぎ、副隊長の内海がやってきた。

「隊長はもう、このヤマを切るつもりでいるぞ」

と内海は切り出した。

結城は絶句した。

「組対には隊長を通して、期限の延長を求めたが、組対は引かない」

「明日一杯で……終わりですか」

「無念だ」

いまの段階で、結城らがつかんできたネタごと組対に渡せば、組対は狂喜するだろう。早晩、事件は解決して、大々的な発表をするはずだ。

「このヤマはもう無理かもしれん」

苦り切った顔で内海はつぶやいた。

「そうでしょうか」

内海は意外そうな目で結城の顔をのぞきこんだ。

「マリアを引っぱるか……?」

「それしかないかもしれません」

言ってみたものの、マリアが一日否認すれば、たちまち組対に身柄をもっていかれる。

「マリアは本当に〝食っている〟のか?」

「まちがいありません」

「マリアが組対のCDと絡(から)んでいる保証はあるのか?」

「それは……まだ」

「引っぱって落とせる見込みはあるか?」

「なんとも言えません。ただし、このままだと、マリアと千田の件も組対に話さざるをえません」

「……せめて、千田と女は別口で挙(あ)げられんか?」

「現行犯で挙げることはできると思いますが、時間的に間に合いません。あさって以降の逮捕になると、稲葉のヤマと完全に切り離されます」

「それじゃ、単なる売人の逮捕じゃないか」

「そうなる可能性は大です」

「馬鹿言え、ヤクの売人なんざ、どこにでもいるぞ」

結城は反論できなかった。

「とにかく、勝負は明日しかありません……」

内海は苛立たしげに机を叩いた。

「結城、おまえ、どうなんだ。ここまで尻尾をつかんだんだぞ。それを、みすみす組対なんぞに持っていかれていいとでも思っているのかっ」

結城は内海の目を見返した。

「少したしかめたいことがあります」

「なんだ、言ってみろ」

結城がそのことを話すと、内海はだまりこくった。

「やらせてください」

結城は内海につめよった。

「そんなことがあるのか？」

「あとはタイミングです。千田の自宅も家宅捜索をかける必要があります」

「できると思うのか？」

「やるしかありません。ここは、生特隊総員態勢で乗り切るしか手はないです。時間がありません。すぐ、準備にかからないと。よろしいですね？」

「……わかった。千田のほうはまかせておけ。明日は二十人態勢で張り込む。奴がヤクを売った瞬間にパクる。同時に家宅捜索だ。ほかも同じだ」

「ありがとうございます」

「くれぐれも、頼むぞ」

「隊長のほうはよろしくお願いします」

「わかった。言っておく」

そのとき、小西が部屋に飛び込んできた。

「班長っ、マ、マリア……」

「マリアがどうしたんだ？」

「逃げられました」

結城は内海とともに腰を浮かした。

「アパートにいたんじゃないのか？」

「裏口からこっそりと出たらしいのです」

「ばかめ」

内海は怒鳴り声を上げた。

「心当たりを当たらせろ。スズランの同僚の家だ」

結城は続けて言った。

「了解っ」

小西は部屋から飛び出していった。

結城は待機していた寺町に声をかけた。

「手の空いているうちの班の連中を全員呼び出せ」

「わかりました」

「時間がない、ぐずぐずするな」

結城は先立ってマンションを出た。

そのとき、「結城さん」という太い声がしてふり向いた。

ずんどうな体躯(たいく)の男が立っていた。

組対五課の松崎だ。

「なにか、派手にやらかしているそうじゃないですか」

「どけ」

松崎は結城の前に立ちふさがった。「あんたら、うちを張っていたよね？」

「うちってどこのことだ」

「とぼけるな」松崎は声を荒らげた。「組対が張り込んでいるのを遠張(とおば)りしてやがったくせに」

「たまたまだろ」

「なにがたまだ。いいか、このヤマはおれたちのものなんだ。生安ごときが出しゃばってくるな」

結城は松崎を押しのけて、駐車場にある車の運転席に身を入れた。

「さあ、案内しろ」

ハンドルに手をかけ、遅れて乗り込んできた寺町に言う。

「どちらにですか？」

「鶯谷」

「鶯谷？」

結城はエンジンを吹かし、荒々しく車を出した。

「マリアを捜しに行かなくてもいいんですか？」

「そっちは、別班にまかせておけばいい。マチ子、おまえと小西が稲葉を張り込んだ四日目の晩だ。思い出せ。あの晩、どこで見失ったのか」

「失尾した晩……あの日に限って、稲葉は山手線に乗って鶯谷で降りましたけど」

「どっちの改札に降りた？」

「……」

「北口です。改札を出て、しばらくあとをつけましたが、すぐに見えなくなってしまって」

「そのあたりだ。なにがある？」

「ラブホテル街」寺町は小声でつぶやくと、結城の顔をまじまじと見つめた。

「そういうことだ。マチ子、明日はカロリーナの取り調べにもどれ」

「は、はい」

「これはおまえのヤマだぞ」

そう声をかけると、寺町は表情を引き締めて、

「わかりました」

と答えた。

11

五月十五日金曜日。午前七時半。

稲葉の身柄を引き渡す日が訪れた。

寺町は一睡もしないまま、結城とともに本庁に向かった。地下駐車場に車を置き、エレベーターに乗った。マリアの行方はつかめないままだ。

石井から稲葉の取り調べの状況を聞いてから、カロリーナのいる取調室に入った。カロリーナは連日の取り調べに疲れている様子だった。しかし、これまでフィリピンから覚醒剤を送らせたことを認めてはいなかった。

寺町は小さな机越しに、カロリーナと向かいあった。

結城が入り口脇にある立ち会いの席につく。

昨日とまた取調官が替わったせいか、カロリーナは緊張していた。

それをほぐすのが、自分の役目だと寺町は思った。

「カロリーナさん、どう、風邪はよくなった？」

「まあね」

カロリーナの表情は硬い。

「日本に来てから、もう十八年になるよね。来日したときといまでは、日本人の印象はちがう？　やっぱり、ムクハン・ペーラ？」

タガログ語でムクハン・ペーラは守銭奴の意味だ。

カロリーナは、落ち着かない様子だ。

「どうかした？」

「いつになったら、帰らせてくれるの？」

「もうすぐだよ、もうすぐ」

「わたし、店のことが心配だし」

「旦那さんも？」

「ええ……」

「あなた、旦那さんから離婚調停を起こされているわね？」

　これには気まずそうな顔でうなずいた。

「見込みはどう？」

　これには渋面（じゅうめん）を作ったまま答えない。

「こんなときに、あなたも稲葉さんも大変ね。でも、覚醒剤は日本でも世界でも、違法だからね。そのことはわかってもらえる？」

「わかるけど、絶対、してないよ」

　ここまでは予想どおりだ。結城の横顔を見やる。結城がわずかにうなずいたのが見えた。

　ここからが本題だ。寺町は丹田に力を込め、

「そうだね、あなたはしてない。でも、マリアさんはどうかしら？」

と声をかけた。

　娘の名前を出すと、カロリーナの顔に狼狽（ろうばい）の色が浮かんだ。

　しめた、と思った。ここは一気に行かなければ。

　寺町はマリアの写真をカロリーナの前に滑らせた。

「これ、あなたの娘さんだよね？」

　カロリーナは写真に一瞥（いちべつ）をくれると、目をそらした。

寺町は写真を取り上げて、相手の顔の前に持っていった。

「スズランという介護施設に勤めている。フィリピンのバレンズエラ市出身の十九歳。あなたの娘さんにまちがいないわよね？」

カロリーナはしぶしぶうなずいた。

よし、第一関門突破。

「彼女、西川口のアパートを出たきり、もどってこないの」

カロリーナの眉間に縦皺が寄った。

「どういうこと？」

「だから、消えてしまったの。彼女の行き先、知らない？」

カロリーナは目を盛んに動かし、考えはじめた。

結城が大きな身体を揺らして、こちらを向いた。

「実は昨夜、マリアさんはアパートからいなくなってしまったんだ。いま、捜している最中なんですよ」

「いないって、どういうことよ」

挑むような口調でカロリーナは結城に食ってかかった。

「そう心配しなくていいから、カロリーナさん」寺町があいだに入った。「彼女は聡明だし、行くところも限られているはずよ。でも、万一のことがあるから、なるべく早く見つけてあげないといけないと思うの。カロ……おかあさんは、どう？　心当たりはない？」

「スズランの友だちは？」

カロリーナは真顔で言った。やはり、気が気でないようだ。

「うん。その友だちにも訊いてみたんだけど、まだ、来ていないようなの」

「早く見つけてあげてください」

「わかってます。全力で捜しているから。でもね、おかあさん、彼女はどうして消えてしまったのかしら？」

カロリーナはふいにだまりこんだ。

「もしかして、シャブ？」

続けて寺町が言うと、カロリーナは顔をそむけた。

結城が声高に言いはなった。「いいかげんにしろ。もう、わかっているんだよ。早く彼女を見つけてあげないといかんだろ。シャブ中だから、万が一っていうこともあるぞ」

「わかったよ」

ふてくされたようにカロリーナは言った。

「彼女、覚醒剤を使っているんだね？」

カロリーナはしぶしぶ認めた。

よし。

「でも、大丈夫。すぐ、見つけられると思う。ねえ、おかあさん、マリアってどんな子供だったの？」

「頭がいい子」

「フィリピンで生まれてから、日本には来なかったよね？」

「帰るたびにかまってあげたけど」

「彼女の父親はひょっとして日本人？」

今度も、カロリーナは認めた。

「わたしの家はとても貧乏だったの。父親は離婚と結婚をくり返して、そのたび子供が増えていくし……本当の兄弟が何人いるかわからないの。学校はどうにか出たけど、気がついたらもうLAカフェで……」

「売春？」

カロリーナはうなずいた。「あるとき、五十歳そこそこの日本人に買われたの。彼はとってもやさしくて、コンドミニアムにさそってくれて、そこで同棲するようになった。すごい豪華だった。わたしが十九のときね。日本で離婚してきたばかりだと言って、プロポーズされたの。わたし、有頂天になっちゃって、家族にも紹介した。親だって賛成よ。でも、結婚式の前の日に彼はいなくなった。それで、わたしのお腹の中には……」

「マリアがいたわけね」

フィリピンはカトリックの国だから、子供を堕ろすことはできない。

「小さいときから父親が日本人だとマリアは知っていたの。日本語を必死で勉強していたらしいわ」

「十四歳のとき、あなたの叔母さんの家にひきとられて、ベビーシッターをしながら、高校に行かせてもらったそうね？」

寺町が聞き込みで得た知識を披露すると、カロリーナは目を丸くした。

「本当に可愛い子だったの……」

「いっしょに暮らしたかったでしょうね」

「もちろんよ。でも、わたしは日本に残ってお金を稼ぐしかなかった。仕送りしなきゃ、家族は食べていけないのよ」

「どれくらい送っていたの？」

「最初のうちはお給料のぜんぶ」

「稲葉と結婚してからは？」

「最初は同じくらい送っていたけど、ここ何年かは減ってしまって。店もあまり儲からなくなったし」

「わかりました。ご家族の話はそれくらいにしておきましょう。次にあなたの旦那さんあてに送られてきた覚醒剤のことについて訊きます。あなたは送り主を知っているわよね？」

「知るわけないよ。どうして、そんなこと知っているの？　このわたしが」

「フィリピンから送られてきているからよ」

「だから、わたしは知らないのよ。もう何年も帰っていないのよ」

「本当に知らない？」

「わかるわけないよ」

寺町は結城にうなずいてみせた。

結城は封筒から四枚の写真をとり出して、机に並べた。

カロリーナは何事かという感じで、目を落とした。

じっと眺め入る顔が少しずつ蒼白になっていった。

「これ、だれかわかるよね？」

結城は写真に写っている女の顔を指さした。

薄暗い廊下を歩いている。長い髪の女だ。

「マ……マリア」

「こっちは？」

マリアの腕をつかんで歩く男を指す。

「稲葉……」

　カロリーナは混乱した顔で結城を見た。

「ど、どこでこれを？」

「鶯谷のラブホテル。先週の金曜の夜。彼女の顔をよく見てみて」

　カロリーナは顔をそむけた。

「喜んでいるように見える？」

　カロリーナは首を横にふる。

「とても辛そうに見えない？」

　唇を引き締め、前を見つめるカロリーナの瞳が潤んできた。

「この一時間前、あなたはマリアと会っている。スズランにわざわざ行ったんだよね。あなたが来て、マリアといっしょに帰るのを見た職員がいるのよ。どういうことなの？　説明してみてくれない」

「わ、わたし……」

「この日だけじゃないわよね。あなたは、マリアを連れて稲葉のマンションをたびたび訪ねている。しかも、娘だけおいて、すぐ帰っている。いったい、どういうことなのっ」

　ひと息にまくし立てた。

「ご、ごめんな……」

「あなたは、実の娘を夫に差し出したの？」

カロリーナはどっと泣きくずれた。

しばらく、そのままにさせておいた。結城から与えられたタオルで涙を拭くのを見守る。落ち着くのを待って、

「稲葉っていう男はつくづく見下げはてた人間だわ。最低よ。でも、おかあさん、あなたはどうなの？　あんなひどい男に気に入られたかったの？　稲葉から離婚されるのが怖かったの？」

稲葉はとっくにカロリーナに飽(あ)きていたのだ。

「だ、だって……」

「仕送りができなくなるから、別れたくなかったの？　マリアの気持ちはわかる？　一所懸命日本語を勉強して、だれの力も借りないで日本にやってきたんじゃない。介護という尊(とうと)い仕事について、さあ、がんばろうというときに、実の母親に呼び出された。慕(した)っていたあなたに、裏切られたのよ」

カロリーナは目を赤く腫(は)らしてうなずいた。

「彼女はどうしたらいいか、わからなかった。あなたの言うことをきかなければ、あなたは離婚されて日本から追い出されることを知っていた。そうなったら、フィリピンにいる家族は食べていけない。だから嫌いな男からしつこく身体を求められてもさからえない。彼女はどんどん逃げ場を失っていった……」

カロリーナは悄然(しょうぜん)としたまま、寺町の言葉に聞き入っている。

「話を覚醒剤にもどしましょう」

寺町は一息ついて話を続けた。

「あなたは彼女が覚醒剤を使っているのを知っていたよね？」

「……はい」

「娘さんはネットで知った売人から、覚醒剤を買うようになったんだよね？」

「と思います」

「今年の一月からね。それ以来、週に一度は買うようになった。言い値だから、給料なんて吹き飛んでしまう。それでも、彼女は買わずにはいられなかった。介護福祉士の試験勉強もしなくちゃいけない。いえ、それ以上に、現実から逃げたかった」

金が払えなくなったマリアは、あるとき、売人の千田に、わたしが通っている老人のマンションには空き室がある、と洩らした。千田はそれを聞いてひらめいた。フィリピンにいる知人から、覚醒剤をそこに送ってもらい、回収すれば、アシがつかない、と。

そして回収をマリアにやらせたのだ。しかし、マリアはここひと月、組織犯罪対策部が三つのマンションを張り込んでいるのに気づいて、回収をやめた。昨日は、そのことを千田にとがめられたのだ。

「彼女を地獄に引きずり込んだのはあなたたね」

そう告げると、カロリーナは寺町をにらんだ。

「ルーアン……わたしの叔母よ。去年、フィリピンで死んだわ。わたしがまだフィリピンにいる頃、叔母は興行ビザで日本に行った。パブで働いて文房具を送ってくれたわ。それを持って学校に行くと人気者になれた。でも、そうすると父親と母親からひどく叱られた。叔母は日本に渡って身体を売っている。日本に行くのは娼婦になるためだって……」

寺町はしばらく考えてから口を開いた。

「それを知っていたから、マリアはがんばったんじゃない」

そう言うと、カロリーナはまた涙をにじませた。

寺町は稲葉の罪状のことを思った。覚せい剤取締法違反容疑では立件できそうにないが、マリアに対する準強姦罪を適用できるはずだ。いや、なんとしてでも適用させなくては。

しかし、目の前にいる女は、どんな罪でなら問えるだろう……。

ふいにドアが開き、石井が顔を見せた。

結城がさっと外に消え、しばらくして顔をのぞかせた。

つられて寺町は廊下に出た。

「マチ子、落としたんだってな」

石井に言われた。

「はい、なんとか」

「なかなか迫力があったぞ」

と結城。

「あの、ところで……？」

「マリアが見つかったそうだ」

「えっ、どこで？」

「池袋駅。職質でシャブの所持を認めたそうだ」

「尿検査は？」

「やった。陽性だ。これから、身柄をとりにいく」

「よかった」

「で、どうする？　マリアの取り調べは」

寺町はマリアと会うのが待ち遠しいような、怖いような気がした。

しかし、どうしても会って話をすることがある。

金曜の夜、鶯谷の薄汚いホテルで稲葉に覚醒剤をこっそりと飲ませたとき、こうなることを予期していたのか？

覚醒剤だけでなく、これみよがしに大麻を入れさせたのは、あえて税関で発見させるためだったのか？　覚醒剤を稲葉に送りつけた理由はなんだったのか？　稲葉に対する復讐なのか、それとも……。

「はい、やらせていただきます……わたしでよければ」

結城は石井と顔を見合わせると、満足げな顔でうなずいた。

12

マリアの取り調べが一段落すると、結城は留置管理課の控え室に入った。

昨日とは別人のように上機嫌な内海に迎えられた。

「どうだ、あの小娘は吐いたか？」

「ほぼ、こちらの予想していたとおりでした」

マリアは取り調べに素直に応じた。

マリアはCD捜査について、やはり知っていた。三カ所の空き室以外に、ほかの二カ所の空き室にも送ってあることを白状した。

「で、稲葉のことはなんと言ってる？」

「むりやり、身体を求められたと言っています。応じなければ、母親と離婚して日本にいさせないようにしてやると、会うたび力ずくで脅されたそうです。その証拠に、身体のあちこち、ひどい痣や傷を負っています」

「よし、でかした。これで、稲葉の野郎も起訴できるな」

「むろん、いけます」

「寺町は上出来だったな」

「そう思います」

　ふたりの取り調べは見ていて冷や冷やしたが、なんとか乗り切ってくれた。

　カロリーナは処分保留で釈放せざるをえないと告げたとき、寺町は歯を食いしばり、心底、口惜(くや)しそうな表情を見せた。しかし、現行法上、カロリーナを罰することはできないのだ。

「副隊長、組対はなにか言ってきましたか？」

「突っぱねてやったぞ。人の手柄を横取りされてたまるか。いま、本庁の部長同士でやりあってるが、こっちの勝ちだ。今日の夜にでも記者会見にもちこむ。そうなったら、大手をふっていられるぞ。それまでに、追い込むだけ追い込んでおいてくれよ」

「わかりました。千田の家は」

「出た出た。あちこち隠してやがった。二十グラムはある。一網打尽(いちもうだじん)だ」

「すごいですね」

「ここまでうまくいくとは思わなかったぞ」

　かかか、と内海は笑った。

「どうした？　なにか気になることでもあるのか？」

「マリアのことです。動機については、ほぼこちらの推定通りでしたが、実際のところ、どれくらいの量刑になるのか見当がつきません」

「初犯といったって、単純なシャブの所持と使用じゃないんだぞ。関税法違反とトリプルだから、実刑はまぬがれん」

「……そうでしょうね」

「結城、仏心出すなよ」

「そんなつもりはないんですよ、ただ……」

結城はマリアに、これからはシャブをやめるか、と訊いてみた。すると、同じ状況だったらやめられないと思うとマリアは答えた。

日本人は優秀な介護福祉士候補をひとり失ったのだ。

「なんだよ？」

「いえ、なんでもありません」

「マリアは大麻のことについて、なんと言ってる？」

「それも想像していたとおりでした」

「わざと見つけられるために、覚醒剤といっしょに、紙でくるんだ大麻を入れさせたということなんだな？」

「そうです」

「CDについて熟知していたわけだ」

「そう思います。ただ、マリアも荷物を取り扱う場所がちがうということは知らなかったようです」

「そうだな。EMSは、江東区の東京外郵出張所。SAL便は川崎にある川崎外郵出張所の取り扱いだからな。税関もちがってくる」

すらすらと答えが出てくる内海に、ふと疑いを抱いた。

「横浜税関はどうしてうちに通報してきたんでしょうかね？」

税関が違法薬物を見つけた場合、警察に通報する以外に、厚生労働省の麻薬取締部に知らせることもできるし、税関みずからが捜査を行うことも可能なのだ。CD捜査でめでたく犯罪者を摘発できれば、マスコミは派手に扱う。それに、横浜税関と東京税関が横の連絡を取り合っていないというのも考えにくい。

「あの副隊長……」

「なんだよ、あらたまって」

もしかして、目の前にいる男は、組織犯罪対策部が二カ月前にはじめたCD捜査のことを知っていたのではないか……。

食えない男だ。

——いや、知らぬが花ということもあるだろう。

「なんでもありません。では取り調べにもどります」

「おう、ご苦労さん」

マリアにかける言葉をいくつか頭に浮かべながら、結城は部屋を辞した。

崖(がけ)の葬列

プロローグ

四畳半のキッチンの壁は煤と油で汚れていた。横に渡された板に無造作に釘が打ち付けられ、取っ手のついたザルやお玉がかかっている。台所とつながった居間もカビが生えたようにどろんとした空気に満ちていた。風が抜けた形跡がない。何カ所かの畳はすりきれて、ところどころ黒ずんでいる。

部屋の隅に置かれたカラーボックスの上に、ちょこんと位牌がのっていた。その上の壁に、〝師範〟と書かれた木札が掛かっていた。横にはキャビネ判の煮染めたような写真が張られている。髷を結い、かんざしを挿した着物姿の女性が日本舞踊を踊っている姿が写っている。

部屋と不釣り合いな、大きい掛け時計が午後五時を指して、ボーンボーンと重たい音を発した。

「お米、なくなるけど」

六十がらみの痩せた女が、湯飲み茶碗に注いだ水をすすりながら言うと、畳に寝そべっていた男がむっくりと起きあがった。

「明日、行くから」

そう言っただけで、厚いレンズのめがねを指で押し上げ、古い週刊誌を手に取るとまた、ごろんと寝ころんだ。

それきり、ふたりの会話はなくなった。

女は台所の冷蔵庫を開けて、ほとんど空に近い中を見やった。

しおれたような小松菜と漬け物の入ったタッパーがふたつ、目についた。卵がひとつだけ残っていた。フライパンに油を引いて目玉焼きにした。それをご飯のおかずに、ふたりで分けて食べた。

食器を洗いながら、女がふと思い起こしたように、預金通帳のことを話題にした。

「明日は振込日だから、少しいいもの買ってこようか」

「そうだった。豆腐でも買ってくるか」

「うん、タマネギとそれから……」

「あじの干物」

男が女の好物を口にすると、女はほっとしたような顔になった。

「口座のお金を下ろす場所は気をつけないと」

「わかってる。いつも変えてるから心配するな」

「ならいいけど」

それを最後にふたりの会話はまた途絶えてしまった。

1

益次は椅子にすわりこんだまま、塑像のように固まっていた。生気のない目が窓に向けられているものの、そこに映っている景色は、益次の脳に届いていない。

結城公一は中腰の姿勢で、もう一度声をかけてみた。

両手をだらりと垂らしたまま、益次は返事をよこさない。

脱げていたスリッパを拾い、父親の足首を持ち上げて履かせた。なんの抵抗もせずにそれを受け入れた益次をあらためて見つめた。ひところより、頰がこけている。おとなしいのは、まだ自分のことを息子と認識しているからだろうか。

介護士の岡田清美が、益次の前にひざまずいて声をかける。

「益次さん、公一さんよ、わかる?」

担当の介護士の呼びかけにも、益次は反応を示さない。

「ねえ、おじいちゃんの息子さんよ」

岡田が益次の耳元で大声を上げると、益次はようやく岡田に目を向けた。

難聴がひどくなっているようだ。

「ねえ、益次さん、この方よ。わからない?」

岡田は結城の肩に手をのせて、益次に言った。

「こ……こういち」

岡田の呼びかけに応じて、ようやく益次は結城の顔をのぞきこんだ。

部屋に入って十分近く経っていた。難聴もそうだが、認知症も進行しているように思えた。ひと月前は、こんなではなかったのだ。

「わかるじゃないか、とうさん」

結城が声を張り上げると、益次は口元に細かな縦皺を寄せて笑みを浮かべた。

「補聴器を替えないといけませんね」

「ええ……」

益次がこの有料老人ホームに入所したのは四年前の秋。五年前、妻の和枝をガンで失って以来、認知症が進行した。益次はもともと耳が遠かった。ここ一年のあいだに難聴が進行し、補聴器の助けを借りるようになっている。

岡田はテレビの電源を入れて、昼の情報番組にチャンネルを合わせた。ボリュームを少しだけ上げる。

「益次さん、ちょっと見ていてね」

岡田はそう言うと、結城を部屋の外に連れ出し、ドアをぴたりと閉めた。それでも、かなりの音量でテレビの音が洩れてくる。岡田は結城の顔を見やった。

「最近は補聴器をし忘れることが多くなってしまって。テレビのボリュームをめいっぱい上げるものですから、ほかの部屋から苦情が出たりするんです」

「すみません……新しい補聴器を買ってきます」

「そのほうがいいかもしれないですね。それより、少し困ったことがありまして」

食事に手をつけなくなったのだろうか。それとも、施設を出て徘徊(はいかい)した……。結城は相手の言葉を待った。

「耳が遠くなったことと関係していると思いますが、深夜に廊下を歩き回って、突然、奇声を上げたりするようになってしまって。職員が連れ戻しても、すぐにまた出歩いて。先日もずっと、歩き通しでした」

「夜にですか?」

「それだけならいいんですけど、おとといの晩のことでした」岡田は言いにくそうに続ける。「図書室に入ってきて、いきなり、入所者につかみかかったんです。相手のおばあちゃんが転んでしまって」

結城は竹刀(しない)で横っ面(つら)をはたかれたようなショックを感じた。施設から呼び出された理由がようやくのみこめた。

「それは……すみませんでした。あの、その方のご容態は?」

「怪我(けが)はしないですんだんですけどね」

「申し訳ありません。その方のお部屋はどちらでしょうか？」

「あっ、いえ、その必要はありませんから。あの、結城さん、ご承知かとは存じますけど、うちの施設は重度の介護が必要な方は入所できない取り決めになっておりまして……」

「知っています」

「あまりこのようなことが続きますと、ほかの方に迷惑がかかりますし、申し訳ないこととは思いますが、最悪、退所していただくことになるかもしれません」

結城は返事ができなかった。ここで、了解してしまっては、大金をはたいて入所した意味がなくなる。できれば、これからもずっと、ここにいてほしい。ほかに行くところなどないではないか……。

そのとき、携帯がふるえた。部下の小西康明巡査部長からだった。

岡田に断って、その場を離れた。

「あの、いいですか？」

「かまわない。どうした？」

「ちょっと、こみいった苦情がありまして」

苦情とはなんなのだ。

「動物の死骸が棄てられているとかで、青梅署からうちに出動要請がありました」

「青梅署？」

動物の死骸ごときで、なぜ、生特隊の応援がいるのか。

「まさか、受けたんじゃないだろうな？」

「……うちがやるしかないと思います」

小西の口から肯定する言葉が出て、結城は驚いた。

「受けたのか？」

「副隊長がうちの班を指名しました」

結城は副隊長の内海の顔を思い起こした。現場はともかく、実績重視型の事務屋だ。

腕時計を見た。午後一時ちょうどだった。

「来てもらえますよね？」

「行くしかないだろ。場所を言え」

「わかりました」

青梅の市街地から埼玉の飯能（はんのう）方面に向かう成木（なりき）街道に入った。山肌は濃い緑に覆われている。トンネルをすぎると、神社が現れた。対向車はぷっつりとなくなった。尾根筋をぬうように走る。カーブを曲がるたび、神社が現れた。『不法投棄は犯罪です』と書かれた標識がコーナーごとに立っている。尻すぼみするかのように道が狭（せば）まってきた。あと二キロも走れば、埼玉県の下名栗だ。

ふいにパトカーに出くわした。ワゴン車やセダンなどが数珠つなぎになって停まっている。そのうしろにつけて、結城は車を降りた。

道路わきのガードレールから下をのぞきこんだ。北向きの斜面にうっそうとした杉木立が広がっている。その坂にしがみつくようにした人の姿が見える。

鑑識の焚くストロボが諸処で光った。結城は道を少しもどり、革靴のまま、きつい傾斜のついた斜面に分け入った。腰の高さまである下草が生き物のようにまとわりついてくる。土の臭いとともに、腐敗臭が漂っている。暗い。日の光が届かない。警官の姿が陽炎のように木々のあいだに見え隠れする。霊気に似たものを感じた。

一匹、二匹と蠅がむらがりはじめ、しまいには顔にまで遠慮なく張り付いてきた。それを手で払っていると、日差しがさえぎられた木の根元から、マスク姿の顔が飛び出た。結城はのけぞって、よけた。

「あっ、ご苦労様です」

「驚かすなよ」

「早かったですね」

小西は額から大粒の汗を垂らし、うんざりした顔で言った。

「飛ばしてきたからな」

「助かります」

小西は話もそこそこに、現場捜索用の長い棒を振り上げ、生い茂る草をはらった。綿パンに長靴だ。

下の斜面で、おおぜいの警官が動いていた。レンジャー隊員の青い制服も混じっている。その中で純白のスポーツウェアが動いていた。寺町由里子だ。綿シャツ姿の石井がはいつくばっているのも見てとれた。

「おお、あった」

小西が腹這いになり、草むらの中に軍手をはめた手を差し入れた。

蠅の大群とともに小西の引き抜いた手が、黒いビニール袋をつかんでいた。小西がそっと開いた中を結城ものぞきこんだ。強い腐敗臭に鼻をつかれた。

赤茶の物体。骨の浮き出た肉の塊のようだった。犬……。

全身をおおっていた毛だけが生前の姿を残していた。腹のあたりにウジ虫がびっしりと張りつき、口元の尖った歯が生白く浮かんでいる。

小西は死骸に巻き付いている布きれに触った。飼い主が着せていた服か。棄てられてまだ間がないのかもしれない。

結城は顔をそらして止めていた息を吸った。

小西の足下に真新しいビニール袋がある。警察が用意したものだ。中がふくらんでいる。結城はおそるおそる開けてみた。

　腐った生ゴミのような臭気とともに、肉の塊が目に飛び込んできた。下には別の動物の骨らしきものがある。いったい、どれくらいの数の死骸が入っているのか。

「もう七、八匹分拾いましたかねえ」小西が言った。「たいてい、ビニール袋に入ってますよ」

「まとめて棄てられているのか？」

「もう、一面に」

　結城はあたりを見やった。暗い斜面にざっと二十人ほどの警官が等間隔で散っている。いちばん下にいるレンジャー隊員は、道路から百メートルほども下っていた。

「犬やら猫やら……」小西は声を荒らげた。「ふざけた野郎だ」

　青梅署が生特隊を指名してきた理由がのみこめた。動物の死体遺棄にしては、その数が多いためだろう。廃棄物処理法違反の摘発は、生活安全部の所管だからだ。しかし、死骸くらい自分たちで処理すればよいものを。

「通報者は？」

「ブリーダーと聞いています」

　ブリーダーがたまたま、ここを通りかかって、棄てる現場を目撃したということか。

「足もとに気をつけてください」

言われて、結城は下を見やった。

「さっき、木だと思って踏んづけたら、でかいワンコの骨でしたから」

小西は不機嫌そうに言い放った。

結城は小西が差し出したナイロン袋を受け取った。午後二時をまわっていた。

鼻の穴に綿を突っ込み、マスクをつけた。それでも腐敗臭を防ぐことはできなかった。

探しはじめてすぐ死骸を見つけた。大型犬のようだ。死骸を持ち上げると、腐った肉汁がしたたり落ちた。


午後六時。日は傾いて、夕闇がたちこめた。拾い集めた死骸は、青梅署が用意した二トントラックに積まれた。動物が着せられていた服やそのほかの証拠品も青梅署の署員がワゴン車に積んで持っていった。

結城はくたびれ果てていた。まったく、ついていない日だと呪った。施設に入所している父親は暴力をふるい、それだけでも厄介なのに、こうして何十という数の動物の遺骸を拾い集めるとは。

道路から、人のいなくなった斜面を見下ろした。一足先にそこは闇におおわれていた。この闇に向かって死骸を投げ捨てる人間の様を思った。一度ではない。春も夏も秋も、何十回となくやってきては、投じたにちがいない。わざわざ、下に降りていって棄てるようなことはしないはずだ。大きさや重さによって落下地点がちがっていただろう。そのあと、雨に叩かれ、水に流され死骸はあちこちにばらけた。眼下に広がる闇がひどく恐ろしいものに感じられた。犯人は男だろう。女では、力いっぱい投げても棄てられた場所まで届かない。

となりでのぞきこむ石井が口を開いた。

「ゴミの不法投棄はいやってほどやりましたけどね。こんなのは経験ないですよ」

「イッさんでも？」

「ないない。こんな罰当たりなことしやがるのは鬼畜だ」

寺町由里子は疲労困憊した顔で、ハンカチを口に当てている。しゃべる気力もないようだ。

結城はこれからはじまる捜査のことを思った。見当がつかない。

「イッさん、動物の死骸の不法投棄も、廃棄物処理法違反ってことだよな」

石井は当然といった顔でうなずくだけだ。

「不法投棄の捜査はやっぱり、ゴミから追いかける？」

「それが王道ですね」

「……ならば」

結城はそこまで言って口をつぐんだ。

通常のゴミならば、なんらかの手がかりがあるだろう。病院から出た医療廃棄物を例にとれば、その量と種類から追うことができるはず。しかし、動物の死骸となると、そう簡単に追えるかどうか……。

「まずは死骸を数えないといけませんね」石井が言った。「重さも量らないと。そのあと、死骸の着衣やほかのゴミをより分ける」

どれくらいの手間がかかるだろうか。手早くやらなければ、死骸の腐敗が進んで手がつけられなくなる。

寺町がだれよりも先に、車におさまった。

「おい、小西、行くぞ」

石井が声をかけても、小西は崖(がけ)をのぞきこんだまま、動かなかった。

憤怒(ふんぬ)ともなんとも名づけようのないものが、小西の顔をおおっていた。

「……むごいことをしやがって」

腹の底からはき出すような声を洩らすと、ようやく小西はその場を離れた。

2

青梅署の駐車場のブルーシートに広げられた死骸の計数が終わるころには、深夜になっていた。報を聞いて駆けつけてきた記者連中も、あらかた引き上げていった。肉体が残っていた死骸の数は犬と猫を合わせて百十二匹。頭骨部分のみの遺骸数は七十八匹分あった。総重量は二百五十キロ。一頭一頭精査し、よりわけた。それらを写真におさめ、身につけていた着衣をはずした。これらとは別に、斜面に落ちていた空き缶や紙くず、コンビニの弁当箱、木片といったものが駐車場の片隅で山になっていた。証拠品ともゴミともつかない代物だ。しかし、棄てるわけにはいかない。

ぐったりして家に帰り着いた。仕事のことも、施設にいる益次のことも、妻の美和子に言い出す気力はなかった。

翌朝、結城班は青梅署に集合した。

大手紙のうち、二社の地方版に動物の死体投棄の記事が載っていた。写真はなかった。

駐車場にあった死骸はすべて撤去され、ブルーシートでおおわれたゴミの山だけが残されていた。前日以上に蠅の大群が群がっている。小太りな青梅署長の馬淵が、内海に向かって思案げな顔でつぶやいた。

「写真はご覧いただけました?」

「いや、まだ」

と内海は答えた。

「ペットはお飼いですか？」

「女房が好きでね。雌（めす）のダックスフントがいます」

「だったら、ありゃ、見んほうがいいですよ」

「そうもいかんでしょ」

内海は頭をかきながら結城を見やった。

「写真は目を通しましたが、手がかりになるようなものはありません」

そう答えてやると、内海はほっとした表情を浮かべた。

「署長、ブリーダーが届け出たと聞いていますが、どちらの？」

「立川（たちかわ）のペットショップの経営者ですね」

「その業者は、もしかして遺棄したホシを知っているんじゃないですか？」

「いやぁ、そりゃないですな」

結城は舌打ちした。犯人を知っていれば、青梅署がとっくに動いて手柄を立てただろう。わからないから生特隊を呼んだのだ。

「じゃ、どうしてその業者は知ったんですかね？」

「そりゃ、ペットショップをやってるんですから、情報が集まってきますよ。あの場所でたびたび、それらしいのを棄てているのを近場の人が見かけていたようでしてね」

内海は渋い顔で結城を見た。

「まあ、これだけのまとまった死骸を棄てるんですから、業者にまちがいないでしょうな」

「業者というと、ペットショップ？」

「いやいや、連中は売るほうですから、その逆。ペット葬祭会社あたりが怪しいんじゃないかと見当はつけとるんですがね。じゃ、部屋は用意しときましたから適宜お使いください。では、これで」

馬淵がすっと敬礼して背を向けた。

「あっ、署長さん」結城は呼びかけた。「投棄現場の張り込みはお願いできますか？」

「あそこは地元の猟師も近づかんような場所でしてなあ……ま、部下に言って、隠しカメラをセットさせましょう」

隠しカメラで済ませられるだろうか。

「地元の聞き込みも是非」

「まあ、できるかぎりはお手伝いしますよ」

それだけ言って、馬淵は立ち去っていった。

マスクをつけた寺町が殺虫剤のスプレイを蝿に向けて放った。それを合図に石井と小西が軍手をはめて、ゴミの山に手をつけた。空き缶などの明らかなゴミを引き抜いて、となりのシートに放った。

それを見届けて、輪から離れていく内海を結城は追いかけた。

「副隊長」結城は呼びかけた。「十条の件はどうしますか？」

売春デートクラブの宣伝ビラの印刷を手がける印刷業者と、デートクラブの経営者を、売春の周旋事案として検挙するツメの捜査が残っているのだ。

「そう急がんでもいいだろ」

「デートクラブの店長が内偵に気づいています。早く引っぱらないと、飛ばれます」

「そう、あわてなくてもいい。こっちが片づき次第、かかってくれ」

それだけ言うと、内海は乗ってきた車で走り去っていった。

あっけないものだと結城は思った。あとは自分たちにまかせて終わりか……。

炎天下で黙々と作業を続ける三人の部下にまじって、結城も選別作業に手をつけた。一時間後、明らかなゴミの山と、そうではない物品の小山とに二分された。

ゴミの山をビニール袋におさめて、残された物品を倉庫の中に移動させる。

寺町に四人分のジュースを買いに行かせた。

ブルーシートにある品をひとつずつ見ていく。ほとんど、動物たちが着せられていた服だ。リボンもある。どれも血と体液が染みついていた。

表をながめ、裏返しにしてステッチを調べた。名前と思われるアルファベットが縫い込まれているものがいくつかあったのだ。

ＭＯＭＯ、ＫＥＮ、ＣＨＩＫＯ……

これだけでは、飼い主すらわからない。馬淵が言うように、遺棄したのがペット葬祭会社だとしても、名前だけではなんの手がかりにもならない。

倉庫の中で丸一日、調べた。なんの手がかりも得ることはできなかった。殺虫剤のせいか、喉が痛んだ。

結城は気が滅入った。

今日、家に帰ったら、なにもかも美和子に話そうと思った。益次のこともだ。

狛江の自宅に帰り着いたのは、夜の九時をまわっていた。風呂を浴びてから、遅い夕食をとった。

「一度、施設に行ってくれないか？」

と結城は言ってみた。

「わたしが行ってもねえ」

と美和子は露骨に嫌な表情を見せたので、話はそれきりになった。

翌日も同じ仕分けをした。あいかわらず蝿に悩まされた。昼過ぎに調べは終わった。結局、犯人に結びつくような品を見つけることはできなかった。

「ポイ捨ての、ホシは何処に、消え去りし……」

小西がみずからを鼓舞するように言った。

石井が小西の頭を小突いた。

「わかったような口をきくな」

「ちょっと、やめてくださいよ」小西は珍しく反抗した。「そういう石井さんこそ、どこから攻めればいいと思っているんですか？」

「てめえのちっぽけな脳みそ、働かせろや」

「やってるじゃないですか」

「けっ、犬っころの骨なんぞでいきり立ちやがって」

「ペットだって、ときには人の命よりも重いんです」

「いつもこうなんですから」呆れたふうに寺町が言った。「おふたりとも、建設的なご意見をお願いできませんか」

「そういうマチ子先生はどうなんだい？」

と石井。

「目撃者と直接会って、もう一度……」

「無理だと思うがね。なにかあったら、とっくに青梅署の皆様方に御用となっているぞ」

「やっぱり、ペット葬祭会社を当たるしかないだろうか？」

結城が言うと、三人はだまりこんだ。

しばらくして、小西が口を開いた。

「どの葬祭業者になりますか？」

小西の言った意味がわからず、石井が怒った口調で問いかけた。

「どのもへちまもねえだろ。小西、すっとぼけたことを抜かすな」

「まあまあ、石井さん、小西さんにも言い分があるみたいですから」

と寺町がとりなす。

「石井さん。ペットの死体のこと、法律上の呼び方は知ってますか？」

「そりゃ廃棄物処理法でいうところの〝廃棄物〟だろうが」

「その〝廃棄物〟を処理するのは、どんな業者になります？」

「そりゃ、市町村が許可を出した業者だろうが」

「はい、はずれ。厚労省の見解では、個人や業者が風俗慣習上、もしくは宗教上の理由で動物を埋葬する場合は、〝死体は廃棄物に当たらない〟ってことになってるんですよ」

「ということは、ペット葬祭業者って許可がいらないんですか？」

寺町が訊くと、小西は苦々しい顔でうなずいた。

「ペット葬祭に関する法規制はないということだな？」

結城がひきとった。

「小西、前置きはいい。先を急げ先を」

ふたたび石井が言った。

「ペット葬祭業はペット霊園業者からはじまって、いろいろパターンがあるようですね。電話一本で駆けつける訪問火葬業者もいますし。人の葬祭業が過当競争で頭打ちですから、ペットのほうに鞍替えする業者までいるそうですよ」

「訪問火葬業者ってなんですか？」

寺町が訊いた。

「火葬炉を積んだトラックで要望のあった家に出向く業者。その場で葬式から火葬まで面倒みるようですね」

「なんで、そんなに詳しいんだ？　おまえ」

小西はだまりこんだ。

結城はいつか、小西が実家で飼っているコリー犬の写真を見せてもらったことがある。目を細めて、たいそう可愛がっている様子がうかがわれた。ひょっとすると、今度の事件もその延長線上にあるのかもしれない。ペットの飼い主たちにかわって敵討ちだ。

「その業者はどれくらいあるんだ？　もう調べてあるんだろう？」

「電話帳やネットにある会社なら苦労しませんよ。零細業者がほとんどですね。タウン誌に載せるのがせいぜいっていうレベルです。へたすると口コミだけっていうのもあるみたいですから」

「わかっているだけでいい。近場でどれくらいある？」

「ペット霊園ですけど、多摩地区でざっと二十軒、三鷹から西の市町村まで広げると、その倍になりますかね。投棄現場は県境近くですから、埼玉南部の飯能まで範囲に入れる必要があるかと。訪問火葬業者はまだ調べてないですけど、霊園以上の数があるかもしれません」

「それをひとつひとつ当たるってか？」石井が声を荒らげた。「バカも休み休み言え。うちの班だけでできるかっ」

そう言われ、小西は結城に下駄をあずけるような眼差しを向けた。

「当たったところでどうする？　はい、うちがやりましたと言うか？」

小西は押し黙ったまま、顔をそらした。

「どうでしょう」寺町が言った。「まず、近場のペットショップを回ってみるというのは？」

「それで噂話を集めるってか？」

石井が小馬鹿にしたように言う。

「獣医も回らないといけないですね」

小西がふたたび言った。

「ペットの葬祭業者のパンフレットを置いていないペットクリニックなんてありませんよ」

「獣医？」

「クリニックが葬祭業者を紹介するわけですね」

寺町が言った。

「リベートをたんまりとる獣医もけっこういるらしいですし」

石井は開いた口がふさがらない案配だ。

獣医まで広げるとなると、聞き込み先は予想以上にふくれあがるだろう。

「とにかく、もう少し考えてみよう。どこかに足がかりがあるはずだ」

そう言ってはみたものの、結城にはさっぱり勝算が湧かなかった。

四時過ぎ、介護士の岡田清美から電話がかかってきた。結城はおそるおそる携帯を耳にあてた。

「とても残念なんですが、今日の午後、会議がありました」岡田が言った。「それで、正式に益次様にはご退所していただくことになりました」

「……急ですね」

岡田は今朝の朝食時にも、益次がほかの入所者に暴力をふるったことを告げた。

結城は謝るしかなかった。

「うちとしても、限界です。お荷物の方はあとでもかまいません。益次さんだけでも、お引き取り願えないでしょうか」

毅然とした言い方に結城は反論すらできなかった。

「わかりました。うかがいます」

「いつになりますか？」

「明日です。明日の夜に」

「わかりました。お待ちしています」

3

同じ日。

大塚富士子は福祉課のカウンター越しに、課長席に向かってお辞儀をした。課長席で茶を飲みかけていた香川正治が、あわてて茶碗をおいた。手ぶりで入ってくるようにうながされる。

顔見知りの課員に声をかけて、富士子はカウンターから中に入った。応接セットの前で待ちかまえていた香川正治が、すかさず庶務係に声をかける。

「よっちゃん、お茶お願い」

「あっ、どうぞ、おかまいなく」

言いながら、富士子は香川とともにソファーへ腰を落ち着けた。

「いやあ、見まちがえましたよ。今日はいちだんとお美しくて」

頭頂部の薄くなった香川がお世辞を洩らしたので、大塚は、

「お役所にくるときは、これでも気をつかうんですよ」

と思ってもいないことを口にした。

あと二年で還暦を迎える香川は福祉課のヌシだ。福祉畑一筋というより、ほかに引き取り手がなかったというのが正解なのだろうが。

ぐずつき気味の天気のせいで、体調がすぐれないことを話すと、香川は、真顔でそりゃいけないですな、よかったら市が特約契約をしている診療所を紹介しますが、などと気をつかってくる。丁重にお断りしながら、富士子は家業に話題を移した。

「しかし、このところの景気はいっこうに上向きませんからねえ」香川は眉をひそめる。

「実は下水関係の予算ですけど、来年度も削られるみたいですよ」

「あら、うちあたりの零細企業は干上がっちゃいますわね」

「大塚工務店あたりがそんななら、市内の業者はぜんぶ潰れちゃいますよ」

「また、ご冗談を」

運ばれてきたお茶で口を湿らせて、大塚は本題に入った。

「それで、後任の方はお決まりですか？」

「心当たりは何人かあるんですけどね。最終的なお返事をまだいただいていないような具合でして」

とたんに、大塚の表情が曇り出した。

「だれでも、最初はそうですわ。わたしも、そうでしたから」

「大塚さんは今年でもう何年でしたっけ？」

「いやになりますわ。もう」

答えないでにやりと笑うと、香川はばつが悪そうに、

「あっ、こりゃ失敬。ぼくがこの課で平(ひら)の頃だったから、もうかれこれ……」

「十月の二日で定年ですわ」

「そうでした、そうでした」

富士子が市の民生委員を引き受けたのは、もう十八年も前のことになる。前任の民生委員が定年を迎えて、町内会長から是非にと頼まれた。自宅で下水関係の工事業を営(いとな)む夫から、一期の三年ぐらい、やってみたらどうだ、とすすめられて、その気になった。気がつけば自分もまた、七十の大台に乗った。十月、六度目の任期満了を迎えるにあたり、委員の職を辞することになったのだ。

「しかし、早いもんですなあ」

「本当、もうあっという間でした」

民生委員は報酬ゼロのボランティアだが、引き受けてみれば、地域の住民とつながりが増え、友人もできて、それなりにやりがいのある仕事だった。一年も経たないうちに、自宅のカレンダーは家業と民生委員の仕事でいっぱいになった。

「課長さん、この前お願いした件ですけど。どうでしたか?」

「ああ、あれね。調べてみましたよ」

あっさりと言われて、少しばかり大塚は拍子(ひょうし)抜けした。

「で、どうでした?」

「奥さんのほうですがね。ちゃんと届けが出ていましたよ」

「友造(ともぞう)さんじゃなくて?」

「ええ、奥さんのほう」

「そうですか……出ているんですか」

「ご覧になります?」

香川は自席の引き出しから、一枚の紙をとり出して、富士子の前に置いた。

岩井房江(いわいふさえ)の死亡届だ。七年前の五月、八十三歳で死亡となっている。

「わかりました」

と紙を香川の手元に押しやった。

「友造さんより、十歳年下ですけどね。まあ、この歳(とし)になったら同じ年代と言って差し支(つか)えないでしょうな」

「そうかもしれないですね」

それでも、富士子は胸のわだかまりが消えなかった。

「あれ？　まだ納得し切れてないってお顔に出てますよ」

「そうですか……」

「ほかでもない。大塚さんのお頼みだ。ほかにも、少し当たってみましょうか？」

「ええ、是非」

「といったって、やれることは限られてますよ。せいぜい介護保険の実績を調べることくらいしかできませんけど」

「いいんです。是非お願いします」

富士子は深々と頭を下げた。

4

翌日。朝から降り出した雨が本降りになった。

夜のことを考えると、結城の気分は重く沈んだ。ゆうべ、妻の美和子に、父親を引き取ることになったと告げることができなかったからだ。

車窓に映る武蔵村山市の田んぼの色が心なしか濃くなった。ハンドルを握る小西が、アクセルを深く押し込んだ。

「急ぐなよ」

結城の言葉が耳に入らないように、小西はスピードをゆるめない。

「やる気満々だな」

「一日でも早くこのヤマをやっつけないといけないじゃないですか」

「……まあ、そうだな」

「ほっとけばまた、そこらじゅうのペットが山に棄てられるんですよ」

小西は一歩も引かないという案配だ。

昨晩、小西はみずから進んで、証拠物件を調べるために青梅署に居残った。単独でゴミの山を再検証し、ほかの物品も調べた。夜半過ぎ、動物の遺骸を撮った写真の中で気になる一枚を見つけた。証拠物件と照らし合わせた結果、一枚のタオルが浮上したのだ。それは犬と思われる遺骸をくるんだタオルだった。身体そのものは朽ち果てていたものの、骨と全身をおおう毛は残っていた。

写真では判別できなかったが、現物のタオルを見ると、そこそこ大きな字で〝むさしクリーニング〟と染められていた。今朝方、小西はその店を特定したのだった。

熊野神社にほど近い交差点にその店はあった。店構えからして、かなり古そうだった。

店の前に車を停めて、小西が単独で聞き込みを終えるのを待った。

「この店にまちがいないようです」

車にもどるなり、小西は言った。

結城はあらためてビニール袋に入ったタオルを見た。犬の遺骸からにじみ出た茶色いシミがついている。

小西は地図を見て目的地を決めたらしく、すぐに車を出した。行き場所を尋ねると小西は、

「三分かそこらで着きますから」

と口数少なく答えた。

「犬の飼い主がわかったのか？」

「いえ」

「じゃあ、どこへ行くんだ？」

「客の中で最近、犬を亡くしたうちです」

「わかったのか？」

「三軒ほどですね。うまくいけば、飼い主に出くわすかもです」

一軒目は五分ほど走ったところにあった。農家らしく、土蔵のあるどっしりとした家

だ。小西はすぐにもどってきた。

「だめです。畑に埋めたそうです」

二軒目はコリー犬で、近所にあるペット霊園に納骨したという。狭山(さやま)緑地に通じる曲がりくねった道を走った。三軒目に入った小西は、なかなか車にもどってこなかった。結城は古い木造二階建ての家をながめた。軒先に松岡(まつおか)という表札がかかっている。十分が経過した。

結城は車から降りて、玄関先から中をのぞきこんだ。

半分ほど開いた引き戸越しに、初老の女と熱心に話し込む小西の姿が見えた。

結城に気づいた小西が、玄関から出てきた。

「例の飼い主です」小西は目配せした。「亡くなったとき、さっきのクリーニング屋のタオルでくるんでやったということです。小ぶりなマルチーズです」

「そうか」

結城は答えると小西より先に玄関に入った。

「あっ、わたしと同じく生活安全特捜隊の結城警部です」

小西が紹介する声を背中で聞きながら、結城は玄関先に腰かけた。

「写真はお見せしたのか？」

小西に訊くと、気まずそうな顔で首を横にふった。

「新聞は読みましたか？」

　女はぽかんとした。

　大手紙のうち、二社が一昨日の朝刊で、ペットの死骸遺棄の記事を載せていた。しかし、十行足らずのベタ記事なので読んでいなくても不思議ではない。

「ほかでもないんですがね、松岡さん」結城は言った。「おたくのマルチーズですけどね、いつ、お亡くなりになったんですか？」

「キヌちゃんですよねえ。毛並みがつやつやして、それはもうきれいだったんですよ」

「あ、キヌちゃん、そのキヌちゃんですがね。お亡くなりになったのはいつですかね？」

「娘が嫁ぎ先で飼っていたんですけどね。旦那がベトナムに赴任するので、おかあさん、少しお願いっていってせがまれちゃって。それで、あずかったのがはじまりだったんですよ」

　話が嚙み合わない。

「五年前になりますよね。娘さんご一家は帰国されたんですけど、松岡さんが気に入っていて手離せなかったんですよね」

　横から小西が口をはさんでくる。

　結城は先を急いだ。

「で、お亡くなりになったのはいつなんですか？」

「えっと、三月ほど前になるかしらねえ。身体がもともと弱くて、いつも獣医さんのお世話になっていたんです。最後のひと月はもう食べ物が喉を通らなくなって……」

松岡佳子は声をつまらせた。

「あの松岡さん、お葬式とかなんですが、やっぱりどこかの業者におまかせしましたか？」

「ああ、はい。出してもらいましたけど……それがなにか？」

「なんという業者ですかね？」

「名前はねえ、えーとなんでしたっけ」

小西の顔と見比べながら、松岡は思案するような顔をしてうつむいた。

「電話帳で探しましたか？」

「いいえ、張り紙で見てましたから」

「張り紙というと？」

「電柱の。近くにありますけど」

「どのあたりですか？」

松岡佳子が説明すると、小西は飛び出していった。

「キヌちゃんが亡くなったのは日曜日だったたんですよ。電話帳でペット葬儀会社を探して、何カ所か電話したんですけど、出てくれないところが多くて。出ても、遺骸を持ってくれば焼いてやるというのばかりでした。わたし、ひとり住まいだし、車の運転もできないから困っちゃって」

「それで、張り紙のことを思い出したんですね？」

「ええ、すぐ走ってね。電話したら二時間できてくれましたよ」

「ほう二時間でね」

「六十過ぎくらいの男の方でした。軽の黒いワゴン車でお見えになって」

「すぐ遺体をひきとっていったんですか？」

「いいえ。まず費用のことですよ。張り紙に火葬代は五千円からとか、納骨無料とかって書いてありましたし。そのことを真っ先に言ったんですよ。そしたら、最初、七万って言われてびっくりしちゃって」

「七万ですか？」

「とても、そんなに出せませんって言ったら、すぐ三万になっちゃって。もう少しって思っていると、すぐ『じゃ、二万でいかがです？　遺骨は提携する寺の共同墓地におさめますから』って言われて」

「どこのお寺ですか？」

「仰いませんでしたけど。ただし、『火葬の立ち会いはできませんけど、二万円追加していただけたら遺骨を持ってきます』っていうことでした。それでお願いしたんですよ。合わせて四万円でした」

「えっ、火葬したってこと？」

おかしい。犬は焼かずに棄てられていたのだ。

「その方、作務衣にその場で着替えましてね。……為永さん、そうそう為永さんっていう方よ。ワゴン車のうしろに祭壇があってそこにキヌちゃんを乗せて、テープでお経を流してくれたんですよ。手を合わせて十五分ぐらいでしたかねえ。それでひきとっていってもらいました」

「遺骨は？」

「次の日に、持ってきてくださって」

「ほう、次の日にね」

結城が身を乗り出したので、松岡は身を引いた。

「それ、まだお宅にあります？」

「あ、はい」

「見せてください」

結城が上がりこむと、松岡佳子は隣の間にある仏壇に案内した。仏壇の下に小さなちゃぶ台があり、十センチほどの高さの骨壺が置かれてある。マジックペンで犬の名前と没年月日が書きこまれていた。今年の三月十五日だ。骨壺の横に崩し字で書かれた札が添えられている。「ワンさまの」までは読めるが、それから下は判読できない。そのことを訊く

と、松岡佳子は、

「『霊永眠』だと思いますけど」

と答えた。

「ちょっと、拝見させていただきます」

結城は断って骨壺のふたを開けた。

底から四分の一ほどのところまで、大小様々な骨らしきものがつまっている。写真にあった犬のことを思うと、焼いたあとに残る骨としては少ないように思えた。

玄関先で音がして、小西が上がってきた。

「班長、わかりました」

と小西は携帯で撮影したビラを見せた。

〝ペット慈孝園(じこうえん)……つつがなく最期の旅路のお手伝い……火葬五千円から……火葬炉完備、二十四時間受付〟

いちばん下に固定電話の番号が記されている。

「ペット慈孝園……か」

松岡佳子をふりかえると、うなずきながら、

「そうです、そこです」

と言った。

結城は骨壺のふたを閉め、小西と顔を見合わせた。

小西は自信に満ちた顔で、うなずいた。

動物の遺骸を棄てたと思われる人物につながる重大な手がかりだ。ともかくも、結城は一段落したような気分だった。

5

午後四時十分。

結城はワゴン車の後部座席から、スモークフィルム越しにその家を見ていた。雨はまだ降っていた。整然とした路地の奥にある、築十年くらいの目立たない平屋だ。表札は出ていない。

うしろにセダンが停まり、寺町が降りてワゴン車に乗り込んできた。

「交番で聞いてきました」寺町は息を継いで言った。「巡回連絡簿は、葬祭業となっています。七年前に都内の百貨店を退職して、ここに引っ越してきたということです」

早いじゃないかと結城は思った。交番に出向いて、まだ二十分と経っていない。

「同居人は？」

「いません。為永はひとり住まいです」

結城は家の玄関口を見やった。ママチャリがぽつんと置かれている。生け垣はなく、玄関の辺りは雑草で荒れ放題だ。手入れの行き届いた民家に囲まれているせいで、為永の家は異様に目立った。

松岡佳子は動物の死骸が不法投棄された記事を読んでいなかった。

慈孝園の張り紙にあった電話番号から調べて、半日とかからず、個人と場所が特定できた。ここは、福生市の多摩川にほど近い、新奥多摩街道を東に入った住宅街だ。主の為永常義は六十二歳。死骸を不法投棄した人物と思われた。松岡が言った黒の軽ワゴン車はなかった。見たところ、自宅に火葬場らしき施設もない。

「石井さんと小西さんは？」

寺町が言った。

「近所で聞き込みだ。マチ子もたのむぞ」

「了解。でも、小西さん、張り切ってますね。風俗だけかと思ったけど」

「風俗好きはたしかだが、犬もめっぽう好きらしいぞ」

「動物と同じくらい、人にも関心を払ったほうがいいと思いますけど」

「きついな、マチ子も」

「松岡さんは、為永と二回も会ったんですよね。どんな男だったんですか？」

「背の低いおとなしい男だったそうだ。喪服を着て神妙な顔で話すらしい。そのくせ、お金を渡したとたん、ニヤッとしてな。その顔をよく覚えているそうだ」

「やっぱりお金ですか……で、為永のことは青梅署に？」

「いや、まだだ。伝えていない」

「伝えないですよね？」

結城は寺町の疑い深そうな顔を見た。

「ああ、伝える気なんてないぞ」

「よかった。せっかく、ここまで掘り下げたんですからね。青梅署なんかに手柄をもっていかれたらたまったもんじゃありません」

結城は曇った窓に手を当てて、水気をぬぐった。

ちょうどそこに、雨傘を差した石井がもどってきた。ズボンの足下から靴まで、びしょ濡れだ。

「イッさん、お疲れ」

「まいった、まいった、この雨」

「隠密の聞き込みには、おあつらえむきですよね」

と神経に障りそうな口をききながら、寺町が手ぬぐいを差し出した。

石井は気にもとめず、首元から噴き出た汗をぬぐう。

石井は為永の家を見やった。「野郎、出てきた？」

「いや、中にいるのはたしかみたいだけどね」

結城はそう答えて、寺町から聞いたことを話した。

「百貨店に勤めていたんですかぁ」石井が胡散臭げに言った。「近所じゃ、聞かないなあ。今ではペット専門の葬祭業者で通っているようだし」

「やっぱり」

寺町が口をはさむ。

「従業員は？」

「いないいない。従業員なんて見たこともないって」

「ひとりか……」

結城も相づちを打った。

「あまり芳しくないねえ。ちょくちょく、ペットの遺影を持った人が押しかけてきて、家のまわりでごたごたしているみたいですよ」

「ごたごたってなんですか？」

寺町が訊いた。

「訪ねてきた連中が、骨返せとか喚いてるのを聞いた住民もいます。それだけじゃなくてね」石井は薄笑いを浮かべ、寺町を見やった。「なんでも、猫の死骸をぶらーんと下げた為永がほっつき歩いてるのを見たとかね」

それを聞かされた寺町が顔をしかめて、続けた。

「家で死骸を解体しているんでしょうか……」

「かもしれん」

「焼くのも自宅で？」

「焼く場所は？ 見たとおり、あの家に庭はないぞ。あれだけの数の死骸だ。焼けば煙ぐらい出るはずだ。でも、火はおろか煙を見たっていう目撃例はない。ペット葬祭業者の開業は自由だが、火葬場を作れば別だ。行政がだまっちゃいないが、為永の家はノーチェックだ」

そのとき、小西が帰ってきた。

「その顔じゃ、目立ったネタはとれなかったな」

石井がからかうように声をかけた。

「一時間やそこらじゃ無理ですって」

「その一時間で取ってくるのがプロなんだよ」

「はいはい。ああ、腹減ったぁ」

と小西は言うと、寺町の顔を見やった。

寺町はしたり顔で、菓子パンとおにぎりの入ったポリ袋を差し出した。

「おうおう」

あんパンにかぶりつきながら、小西がしゃべり出した。

「為永の使っている黒の軽ワゴン、見つけましたよ」

「そうか、見つけたか。どこだ？」

小西が地図をかざしながら説明する。

為永の自宅から二百メートルほど離れた駐車場だ。

「そろいましたね、班長」

と石井が声をかけてくる。

「ああ、そろった」

「えっ、どうしたんです？」

と小西。

「明日の朝一でガサ入れするんだよ」

小西の顔がぱっと明るくなった。

「そうかぁ、そうきたか」

「いましがた、副隊長と話をした。今日じゅうに裁判所の家宅捜索令状を取る手はずが整った。鉄は熱いうちに打てだ」

「そうこなくちゃ、で、為永の身柄は？」

「死骸を棄てたのを認めた時点で、通常逮捕に踏み切る」

「そう簡単にいきますかね？」

「骨でも死骸でも、なんでもいい。動物の遺骸を見つけた時点で問いつめる。言い逃れができないように追い込むんだ」

「よおし、首を洗って待ってろよ」

小西は為永の家に目を向け、吐き捨てるようにつぶやいた。

三日前、暗い斜面を見下ろしたときのことがよみがえった。棄てられた動物たちの霊が、自分たちをここまで連れてきたのだと思った。

明日で決着するだろう。そう思うと結城は心が軽くなった。これで今夜は乗り越えることができそうな気がしてきた。

夜の七時すぎに、現地で解散した。結城は自宅に帰らず、父親の施設がある稲城市に直行した。荷物はすでにまとめられていた。職員がおおぜい見守る中で、退所に関係する書類に書き込み、荷物をトランクにつめた。外出着に着替えさせられていた益次を車に乗せた。結城はすべてのドアをロックして、車を発進させた。益次はどこへ連れて行かれるのか、わかっていない様子だった。

しばらく走ったところで、家に帰るからね、と告げたものの、益次は聞こえないらしく、じっと車窓に目を向けていた。

自宅近くにある橋を渡ると、

「家、ほー、家か」

と言った。

やはり、施設より自宅の方がいいのだ。

玄関で靴を脱がせていると、美和子がやってきた。

「おじいちゃん……」

娘の絵里(えり)も二階から降りてきた。

「あれー、おじいちゃん、どうかしたの」

と他人事(ひとごと)のように絵里は益次の顔をのぞきこんで言った。

結城は益次に背を向けて、退所した理由をふたりに話した。

「えっ、暴力」

絵里が目を白黒させて、結城の顔を見やる。

「絵里、しばらく、家にいるからな」

「あっ、そう、いいけどぉ」

絵里は美和子の顔をうかがいながら、二階に上がっていった。

「夕飯は済ませたの？」

きつい口調で美和子は言った。

「済ませた。風呂に入れて寝るだけだ。さ」

結城は益次の腕を引いて居間に連れていった。益次の耳元で、

「風呂だよ、風呂、入るよね」

と大声で言うと、益次はその場でワイシャツを脱いで、「家、家」とつぶやきながら風呂場に入っていった。

結城はふだんより長い時間をかけて手洗いを済ませ、食卓に着いた。

いつも置かれている缶ビールがなかった。結城は自分で冷蔵庫から持ってきて、グラスに注いだ。美和子ににらまれながら、一口飲んだ。うまくなかった。

「退所って、むこうが勝手に決めたの？」

「さっき説明したとおりだよ」

結城はふろふき大根を箸で切り分け、口に放り込んだ。

「もう、もどれないのね？」

「だめだな」

「一時金はどうなるの？」

益次が施設に入るとき、入所一時金として一千万円を払った。その半分の五百万を警視庁共済組合から借りているのだ。

「あとで返してくれる」

「全額？」

「わからない。これからの交渉次第になる」

「そんな他人事みたいに。だいたい、前もって言ってくれなきゃ困るじゃない。もう、心臓が止まるかと思った」

美和子の言い分は理解できた。益次と同居をはじめたのは四年前の秋だった。その年の冬から、益次に認知症の症状が現れた。その世話をするため、美和子は勤めていた家具屋をやめた。美和子にとって耐え難い日々の連続だったのだ。

「手が空いたら、ほかの施設を当たってみるから。今日のところはたのむ」

美和子の顔がみるみる曇っていった。

「……ねえ、もう、昔みたいなのは勘弁だからね。わかってくれてるよね？」

「わかってるって。もう、ぼちぼち、オヤジ、風呂から出てくるぞ」

「タオルでもなんでも持って行ってあげて。今日のわたしは終わりました」

そう言うと、美和子は食卓に並んだおかずに手をつけはじめた。

6

翌日。晴天になった。

午前八時ちょうど、結城は為永の自宅のドアをノックした。ドアが内側から開いて、髪の短い平凡な顔立ちをした為永が顔を見せた。家宅捜索令状を見せると、その顔が一変した。

「は……廃棄物処理法違反……」

容疑事実を口にしながら、ドアを閉じかけた。小西がさっと動いた。革靴をドアにさしはさむ。

結城はもう一度、ドアを引いて開いた。

「為永さん、困るな、新聞読んだんだろ？　素直に応じてくれないと」

言うと為永はドアノブから手を離し、うしろへしりぞいた。

結城は無言で玄関から上がった。三人の部下が続いた。

家の中をぐるっと回ってみた。掃除が行き届いていない。歩くたびに小石のようなものを踏みつける。玄関脇の応接間は、厚いカーテンで日差しがさえぎられている。カーテンを開けると、ほこりとともに様々な毛が宙に舞った。窓に向かって置かれた籐椅子の上に、黄ばんだ週刊誌が重なっている。床一面に新聞紙が敷かれていた。ところどころに、重い物を置いたような跡がついている。

台所では寺町が冷蔵庫の中身を調べていた。腐った果実のような臭いが漂っている。小西は裏手に回っているらしく、姿が見えない。ぽつんと廊下に立ちつくしている為永の前を通り過ぎる。その脇に掛かった大きな鏡が、汚れた食器の底のような鈍い光を放っている。

主と似て陰気な家だと思った。生活に潤(うるお)いを与える花瓶(かびん)のようなアイテムはおろか、カレンダーひとつない。部屋の隅や窓格子(ごうし)のきわに、動物の毛らしき物がこびりついている。石井がトイレに入り込んで、中を子細(しさい)に調べている。

障子(しょうじ)を開けて居間に入った。八畳ほどの日本間だ。読みかけの新聞や下着が散らかっている。テレビが置かれている以外、目立ったものはない。押し入れの戸を開けて中をのぞきこんだ。

せんべい布団(ぶとん)がたたんで積まれている。右手にあるプラスチックケースの中をあらためた。セーター類がつまっている。テレビ台の中に目がいった。黒革のノートが何冊かある。それらをとり出し、手にしたノートを開けた。

売り上げ帳のようだ。ペットの遺骸を受け取りに出向いた日付と相手先の名前と住所、そして、引き取った値段が書き込まれている。去年の八月からのものだ。ここから得られる手がかりは……。

「班長っ」

裏手から小西の声が上がった。

結城は家の裏手に向かった。

裏口のドアを開けると物置があった。小西はその中に入って、しゃがみこんでいた。結城は靴下のまま、コンクリートの地面に降り立った。

奥行き一メートルほどの物置だ。左右に五段ほど板が渡され、骨壺がずらりと並んでいる。目の前にある骨壺のふたを開けてみる。空だ。

ひざまずいている小西の足下をのぞきこむ。

ポリバケツが目に入った。

小西は白手袋をはめた手を、その中に突っ込んでいる。それを見て結城は唾を呑みこんだ。

……骨。

尖ったものや平たいもの、白っぽかったり赤茶けたりしているもの。統一性はないが紛れもなく生き物の骨だ。バケツの五分目までつまっている。色といい大きさといい、複数の異なった骨であるのがすぐわかる。

それを見ながら、結城は考えをめぐらせた。

おそらく、為永は客から遺骨の返還を求められるたび、このポリバケツから適量を骨壺に移していたのだろう。

「よし」結城は言った。「ここにあるものはぜんぶ、押収する。とりあえず、写真に撮っとけ」

家の中から悲鳴が聞こえて、結城は急いで中にもどった。

低いうめき声の方に向かった。台所の壁に張りついたまま、寺町が口に手を当て、そこを見下ろしている。生ゴミのような強烈な腐敗臭に鼻を突かれた。

開閉式になった床のふたが持ち上げられていた。意を決して中をのぞきこむ。

皺（しわ）だらけの黒いポリ袋が折り重なっている。そのうちのひとつから、長細い毛むくじゃらの足が飛び出ていた。

結城は息を止めて、そこに近づいた。動物の足らしき物が出ている袋の端（はし）を持ち上げる。焦げ茶色のプードルらしき犬の死骸が見えたとたん、飛び退（との）いていた。

五つほど、ポリ袋が見える。入っている物のことを思うと吐き気がこみ上げてきた。

大声で石井を呼び、為永をここに連れてくるように命じた。

しばらくして、マスクをつけた石井が為永とともに台所に入ってきた。

結城は死骸を指さし、

「ここに運び入れたのはあんただな？」

と為永に呼びかけた。

「はい」

と為永がかすれた声で言った。

臭いに動じないのが不気味だった。

結城は為永を廊下に連れ出して、持参した死骸の投棄現場の写真を見せた。

「あなた、動物の死骸をね、ここに棄てた？」

為永はじっと写真を見つめた。

「どうなの、棄てたの？　棄てなかったの？」

「ああ……」

「どっちなんだよ、これ見ろって」

結城は為永を台所に連れ込んで、死骸のつまった袋を指さした。

「見ろ、あれ、ペットの死骸だろ。山に棄てたのかどうか訊いてるんだよ」

「えっと」

「ええもどうもないっ。為永、棄てたな」

「……棄てました」

そのつぶやくような声を聞いて、結城はようやく胸のつかえが取れた。

その場で時間を口にする。廃棄物処理法違反容疑で逮捕する旨を告げた。

石井が素早く為永の背後にまわり、手錠をかける乾いた金属音が響いた。

結城が先に立ち、為永を玄関へ連行する。裏手の戸が開く音がして、小西が駆け込んできた。

「あ、あの……あれが」

と為永のことを気にしているらしく、小西はためらいながら言った。

「どうしたんだよ」

「で、ですから、班長、ちょっと」

小西に引きずられるように裏口に出た。

ドアの脇に動物の骨の入ったポリバケツがある。小西はその前にかがみこんだ。

「班長、これ」

手袋をはめた小西がつまみ上げた骨を結城はのぞきこんだ。

魚のエラのような長細い骨の内側に、丸い輪が開いている。その下に小さな突起の浮き出た骨が縦につながっていた。輪の内径は三センチほど。それを見ていると、さざ波が立つように結城の首筋が粟立った。

火葬場で見たことがある、と結城は思った。焼き上がったあと、鉄板の上に広がった骨を箸でつまんで骨壺に入れる。最後におさめる骨の部位……人間の喉仏とそっくりではないか。

喉元で声がつまった。

「こ……小西、どこにあった？」

「バケツの底」

そんなところまであけて調べたのか……。

「どう思う？」

「何度も見てます。まちがいないと思います。人間の骨です」

「……バケツはこれだけか？」

「はい、これだけです」

結城は黙ったまま、小西のつまんだ骨を見つめた。

7

大塚富士子は、高い塀に沿って歩いていた。ざらついた石造りの塀は苔むして、土色に変色している。つい先月、ここを訪れたときは、借金取りのビラが張られていたが、それは剝がされていた。

〝岩井〟とかろうじて判別できる表札の前で立ち止まった。

古びた日本家屋だ。厚い鉄製の門は、今日も閉じている。その先にある玄関の引き戸も、ぴったりと閉められたままだ。このところの暑さにもかかわらず、二階まで窓という窓はすべて閉め切られていた。伸び放題の、人の背丈ほどもある雑草が家のまわりをぐるりと取り囲んでいた。

軒下にたまった濃い翳を仰いでいると、この家の敷居をまたいだのが、ついこのあいだのように思えてくる。

家の主の岩井友造は、今年、百歳になるはずだ。いまも元気なのかどうか、ずっと気がかりだった。今日こそはと思う。なんとしても、友造の顔を拝まなくては帰れない。

富士子は胸いっぱい息を吸い込んだ。

「岩井さぁん」

門の向こうにある玄関に向かって大声を張り上げた。声が半分、裏返ってしまった。

この家をはじめて訪ねたのは、かれこれ十年近く昔になる。市が主催する〝長寿を祝う会〟への参加を促（うなが）すためだ。このとき、友造はすでに九十歳近くになっていた。玄関から入ると友造の細君が出てきた。品のよさそうな老婦人だった。房江と名乗り、自分は元中学校の教師だったと言った。来意を告げると、あいにく主人は風邪（かぜ）で寝込んでいるし、自分もついていなくてはならないと、やんわり誘いを断られたのを覚えている。

富士子は門に手をかけ、奥に押し込んでみた。内側からかんぬきがかかっていて、びくともしない。もう一度、名前を呼んでみたが、あいかわらず、返事はなかった。

年明け早々、この家を訪ねたときのことを思い出した。あのときは、息子という男性が現れた。息子からは父はもう田舎（いなか）の施設に入っていますという返事が返ってきた。

息子と会えたのはそれが最後だった。それ以降、家の中に入ることすらできなくなった。気になって、電話攻勢をかけた。息子が電話口に出た。息子は、「父は鹿児島の施設を出て、今は実家にいます」と言うばかりだった。納得できずに、週に一度は電話を入れた。二月末、女が出た。女は、わたしは知りませんの一言で切ってしまった。

まったく、この家の人はどうなっているのか。隣家によれば、ときどき、息子さんが出入りしていますよ、というだけで、友造のことを訊くと、そんな老人は見かけたことがないと言う。

それでも、この家に友造が住んでいるというかすかな希望が芽生えたのは、一昨日、市役所を訪れたことが大きかった。友造の妻の岩井房江は、長男によってきちんと死亡届が出されていたのだ。だから、かりに、友造が亡くなったとしても、きっと死亡届は出されるにちがいないだろうと考えた。

昨日のことだ。得意先に請求書を置きに行った帰り、この家の前を通りかかった。よせばいいものを、また気になって近所の人に尋ねてまわった。やはり、友造の姿を見た人はいなかった。

市役所の香川課長によれば、介護保険の保険料はきちんと年金から天引きされている、ということだった。しかし、介護保険を使った形跡はないという。

おかしいと思った。介護施設に入所するときは、必ず介護保険を使わなくては入れない。これ以上、待てないと思った。友造と会うまでは帰らないと覚悟を決めてやってきたのだった。

しかし、厚い鉄製の門は押しても引いても動かなかった。

梅雨の合間の日差しが照りつける往来に立って、富士子は長い息を吐いた。

8

初日の取り調べが終わり、結城らは生特隊本部のある富坂庁舎にもどっていた。

「科捜研で鑑定してもらいました。人骨にまちがいありません」

「厄介なことになったな」

結城は答えず、内海の言葉を待った。

「その骨、男か女か？」

「二度焼きされているようです。性別もわかりませんし、DNA鑑定もできないそうです」

「人の骨っていうことだけか……」

「そうなります」

「喉仏以外に人骨はあったのか？」

「しかし、人か」

内海は渋い顔で言った。

「いえ、喉仏だけです。それ以外の骨は、すべて動物を焼いた骨だそうです。複数の犬や猫の骨が入り交じっているということでした」

「一匹じゃない？」

「少なくとも、五匹以上。それ以上は鑑定しきれないということでした。焼いたときの燃焼温度は九百度前後で共通しているらしいんですが」

「それなりのところで焼いているのか」

「はい。為永は焼いた骨をバケツにストックして、遺骨の返還を希望した施主にもどしていると思われます」

「バケツはひとつだけだったんだな？」

「ひとつです」

「死骸はいつごろから棄てはじめたと言ってるんだ？」

「三年前の九月頃からと言っています」

「ほかに棄てたところは？」

「例の場所だけのようです」

「どれくらい棄てた？」

「百から百五十匹のあいだだと。家の中や物置にまとめておいて、棄てに行ったということです」

「最後に棄てたのはいつだ？」

「先月の中頃」

「しかし、どうして棄てたりしたんだ？」

「焼く手数料を浮かせているとしか思えません」

「そのことは認めたのか？」

「いえ、まだ」

「気が向いたときにペットを焼いておいて、ストックしておいたということか？」

「そう思われます」

「まったく……福生か……あの辺、くわしいか？」

「いいえ」

「この際、青梅署に引き継いでもらうか？」

「青梅署長には、あとはうちでやります、と伝えてありますが」

「……どうする気だ、おまえ」

「このヤマを解決できれば、それなりの評価は得られると思いますが」

　結城は内海の顔を見た。廃棄物処理法違反容疑のみならず、殺人事件の可能性まで視野を広げなければならない。しかし、これを解決に導くことができれば生特隊の名は上がるにちがいない。自分の名もだ。

「わかってる、それくらい。やり通す自信があるのかと訊いてるんだ」

「正直なところ、わかりません」結城は内海の顔を見すえた。「しかし、やってみるだけの価値はあるかと思います」

内海は一呼吸置いて続けた。

「焼いた張本人は為永なのか？」

「なんとも言えません」

「人骨が出たことはまだ本人には知らせていないな？」

「むろんです。そこまで踏みこんだ取り調べはしていません。ただし、検察への身柄送致については、問題ありません」

「あたりまえだ。おれが話をつけてきたんだから」

内海は張り込みで撮影した為永の顔写真を見ながら、

「悪党面じゃないな」

とつぶやいた。

為永は髪を短く刈り上げて、これといって目立たない顔立ちをしている。

前科もない。かといって、悪事を働かないとは限らない。

「やつは自前の火葬炉を持っていないんだろ？」

「それははっきりしています。為永が使っている黒の軽ワゴン車ですが、近くの駐車場に置いてあるのを見つけました」

「焼いたのはどこだ？」

「エデン社という訪問火葬業者を使ったと言っています」

「訪問火葬業者？」

「電話一本でペットの火葬を請け負う業者です。自宅でもどこでも、指定された場所に、火葬炉を積んだトラックで出向いてきます」

「為永はそいつを自宅に呼んで焼いたのか？」

「いえ、いま申し上げた駐車場で落ち合って、そこで焼いたそうです。駐車場のオーナーの確認を取りました。何度か、気味が悪いのでやめてくれと文句を言ったそうです。そのせいか、四月以降は来ていないみたいですが」

「バケツの骨はそこで焼いたものか？」

「そのようです。台帳や書類を調べましたが、四月以降は焼いた形跡がありません。為永本人もそう言っています」

「それ以降はすべて、例の場所に棄てたと言うことか……」

「そうなるかと思います」

「バケツにあった骨は、その前に焼いたものか？」

「三月頃に焼いたものだと言っています。それ以前のものは、施主に返したそうです」

「そうか……どちらにしても、問題は喉仏だな」

「そうですね」

「そうですねじゃないぞ。野郎の周辺をつついて、人骨がぞろぞろ出てきたらどうする？」

「そう簡単に出てくるとは思えませんが」

「どうしてそう言える？」

「勘です」

「着手するとしたら、どこからだ？」

「まずはエデン社を当たる必要があります」

「訪問火葬業者？　まずは人骨はペットの火葬と切り離して考えてみろ」

「はっ？」

「鈍いな、おまえ。為永の周辺でもめ事があったかどうかを知らなきゃならんだろうが」

「為永が人を焼いた可能性があるということ？」

内海はうなずいた。「そうだよ、どうなんだ？　実際」

「まったく、わかりません」

「頼りにならねえな、まったく。とりあえず、聞き込みからはじめてみろ」

結城はぞくりとした。そこまで手を広げるとなると、捜査員の数が足りない。

「応援が要りますが」

「なにほざいてるんだよ。うちはほかの事案で手一杯のこたぁ、結城、おめえがいちばんわかってるだろう。さっさと走れ」

結城は部下の待つ大部屋にもどった。内海の指示を伝えると、三人は無念そうな顔つきになった。

「じゃ、ぼくはエデン社を当たります」

と小西が口にした。

「ひとりで大丈夫か？」

「まかせてください。きちんとカタを付けますよ」

「わかった。頼む」結城はそう答えると石井に向きなおった。「イッさんは引き続き、為永の取り調べだ。別の班から人を回す。明日の検察送致が片づくまで、喉仏のことは禁句」

「承知してます。あさってから、締め上げますよ」

「それでいい。マチ子は、為永の勤めていた百貨店を調べて行ってみろ。おれは為永の自宅周辺の聞き込みをしてみる」

「わかりました」

寺町は硬い表情でうなずいた。

9

翌日。

結城は午前中いっぱいかけて、為永の自宅周辺の聞き込みをした。昼前、為永の家の前に停めていた車にもどると、携帯に寺町から電話が入った。

「為永が勤めていた百貨店がわかりました」

寺町は上野にある大手百貨店の名前を口にした。

「総務で訊いたら、記録が残っていたんです」

「もう行ってきたのか?」

「はい。たったいま、聞き込みが終わりました。為永は紳士服売り場で働いていたそうです。当時、いっしょに働いていた同僚がまだ勤務していました。それで、話が聞けました。為永は一度結婚して、子供もいたけど、四十前に離婚しているそうです。別れた妻は再婚して、子供も連れて大阪に移ったとか。両親は早くに亡くなっていますね」

結城は寺町の言葉を待った。

「で、為永の素行なんですけどね。仕事の方はまあまあでしたが、女性関係は乱れていたようなんですよ」

「ほかは？」

「なにしろ、七年前のことですから。それ以上はわかりませんでした。班長、そちらはいかがですか？」

「風向きによって、なにか、腐ったような悪臭が流れてくるという家が二軒あった」

「それだけですか？」

「悪かったな」

「……じゃ、わたしもそちらに」

「いや、いい。本部にもどってくれ」

携帯を切った。結城は通りの向こうから走ってくるセダンに目をとめた。白いスカイラインだ。為永の家の手前で徐行し、そこを通り過ぎると、スピードを上げてこちらに近づいてきた。通り過ぎてしばらく行ったところで停止すると、助手席のドアが開いた。がっしりした体軀（たいく）の男が車から降りて、歩み寄ってきた。バックミラーに映る男の顔を見て、結城は混乱した。どうして、奴がこんなところに現れたのか……。

結城はワゴン車から出て、相手の行く手をさえぎるように立った。

男がじろりと結城を見て、目を丸くした。

「また、あんたか」

捜査一課の剣持（けんもち）が太い眉を動かして言った。

「そっちこそだ」

剣持はワゴン車を見やり、

「まーだ、張り込みのイロハがわかってないみたいだな」

「張り込みなんてしてない。よけいなお世話だ。そっちこそ、何の用があるんだ？」

「またご冗談を。助っ人に対して、その言いぐさはないだろう」

そう言われて、結城はまじまじと相手の顔に見入った。

「……為永か？」

剣持は軽くうなずいてみせた。

結城はようやくのみこめた。内海が勝手に捜査一課に連絡を入れたのだ。一年前のことだ。結城が生特隊に着任早々、テレホンクラブがらみの恐喝事件があり、それが殺人事件に発展して、捜査一課が横やりを入れてきた。結城は職分を押し切って、被疑者を逮捕し、殺人事件を解明するのに成功した。そのときも、目の前にいる剣持とさんざん、やりあったのだ。

「生安さんのことだ。喉仏一個といって、軽く見ているんじゃないか？」

「決めつけるような口をきくな」

「それそれ、はなから感情論でものを言うのがやばい」

「あくまで不法投棄の捜査だ。一課は一課の仕事があるだろ」

「おやおや、あの崖で犬っころの死体にあてられたようで」

「こっちのセリフだ」

剣持はにやけたふうに、

「まあ、とにかく、ヤマを荒らすなよ。まちがっても、ご近所のひんしゅくを買うな。あとがやりにくくていけねえ」

と言った。

「必要なら、それ相応のことはする」

結城が言うと剣持がにじりよってきた。

「何度も言わねえぞ。ホシの外堀をじっくり埋めてから、一気に落とす。ほかに道はねえ」

「それがどうした」

「為永って男、どこまで知ってる？」

「……なにか、出たのか？」

「野郎さ、ここ二、三年、何人か、やくざモンとつきあいがある」

暴力団と？

結城はその情報は知らないと答えた。

「そのうちのひとりが行方不明になってる」

「行方不明に？」

もしかしたら、そのやくざ者がバケツから出た喉仏の人間？

「なあ、生安さん。世の中にゃ、一筋縄じゃいかねえ連中がわんさといる。あの為永って
いうのも、その部類に入るかもしれねえ」

剣持は吐き捨てるように言うと、車に乗り込み去っていった。

結城には釈然としないものが残った。

結城は本庁に出向き、為永の身柄の検察送致が完了したことを確認してから、生特隊本部にもどった。午後五時を回っていた。その足で、副隊長室に入り、為永の身柄送検が無事終わったことを報告した。

「為永の様子はどうだ？」

「あいかわらずです」

「人骨と関係がありそうな供述もなしか？」

「昨日申し上げたように、まだ、そこまで突っこんでいません」

「どうせ、なにも出てこないだろ」

「……いまの時点ではわかりません」

「だったら、余分なことは黙すにしかずだ」

結城は身を乗り出した。

「人骨は不問にするということですか？」

「うちは廃棄物処理法違反で挙げればカタが付くだろうが」

内海の本音が出て、結城は肩を落とした。やはり、この件は捜査一課にまわす気なのだ。結城は捜査一課の剣持が為永の自宅にやってきたことを告げた。

内海はなにも言わなかった。

「このヤマは最後までうちでやるはずじゃなかったんですか？」

「ぐずぐずしてる暇はない」内海は結城の顔をのぞきこんだ。「結城、隊長命令だ。取り調べは、一勾留（十日間）あれば済むだろうよ。あとは一課が好きなようにする」

ひょっとして、もう話はついているのか。

廃棄物処理法違反容疑の調書さえとれば、うちはお払い箱ということか……。

「……わかりました。ひとつだけ条件があります」

「なんだ、言ってみろ」

「うちが見つけた人骨です。出所がわかるまで、徹底的に洗いたいと思います。よろしいですね？」

「例のなんとか言う訪問火葬業者か？」

結城はうなずいた。

「好きなようにしろ」

結城は副隊長室を出て、大部屋に入った。

聞き込みを終えた小西と寺町が待ちかまえていた。

結城が隊の方針を伝えると、小西がはむかってきた。

「それで、班長は従うつもりですか？」

「隊の方針なんだ。仕方ないだろ。それより、エデン社はどうだった？」

小西は目をそらした。この様子では成果はなかったのだろう。

「エデン社の社長は白石雅俊という四十四歳の男です。為永とはここ一年ほど、つきあいがあったそうです」

「駐車場で死骸を焼いたのは認めたのか？」

「認めました。三月は二度、例の駐車場で焼いています」

「ちょっと調べてみたんですけど、エデン社という屋号では電話帳にもネットにも載ってませんけど」

寺町が口を挟んだ。

「ほとんど、口コミらしいな」

小西は説明をはじめた。白石の自宅兼事務所は東久留米市にある。妻と子供がふたり。

運送会社に勤務していたが、二年前、脱サラして訪問火葬業をはじめた。白石は愛犬家で、飼っていた犬が死んで獣医に引き取ってもらったとき、その遺骸がゴミとして棄てられていることを知って驚いたのが、訪問火葬業をはじめたきっかけだったという。

「ちょっと、わからないんですけど」寺町が言った。「火葬炉ってトラックに積めるものなんですか?」

「積めるからやるんだよ。改造費用が五百万かかったと白石は言ってるが」

「煙突とかも出して?」

「現物を見たけど、ないな」

「訪問先の自宅で焼くんですよね?」

「そういうこと。もしくは、近くの公園とか目立たない場所で。業者の中には、石焼き芋の屋台を改造した粗悪な炉でまわっているような手合いもいるらしい」

「焼き芋? 煙が出て目立ちませんか?」

「煙が出るのはほんの一握り。おおかたは煙も出ないし、おまけにトラックにはなにも書かれていない。まわりの人は火葬できるトラックとは気づかないそうだ」

「火葬代は一件あたり、だいたい四、五万というところですか?」

「いや、七五三」

「なんです、それ?」

「火葬前に、飼い主の顔色をうかがうんだよ。ペットの前で割り切った顔してれば三万円、ちょっと涙ぐんでいると五万円、べそかいて泣いているのは七万円」

「その場で決めるんですか？」

「ほとんどそうみたい」

「訪問火葬業者ってのは、良いのと悪いのがごちゃ混ぜということか？」

結城が訊いた。

「そうですね。トラブったら屋号を変えて出直せばいいと思っている輩も紛れ込んでいるから困るって白石は言ってました」

「炉でどうやって燃やしているんですか？」

寺町がたずねた。

「プロパンガス。十キロ未満のペットなら一時間ですむらしい。四十キロまで焼けるそうで、その場合は二時間かかると言ってました」

「まさか、ぜんぶ鵜呑みにしてきたわけじゃないだろうな？」

「めっそうもない」

「どうだ、小西、おまえから見て白石っていう男は？」

「……ふつうのおっさんでしたけどね。とても、人を焼くような悪さをする男には見えませんでしたが」

「為永以外に、人骨を持ちこんだ客がいる可能性は？」

「ペットの遺骸にまぎれこませて、ですか？」

「ああ」

「それはなんとも……」

「三月に白石が火葬に出向いた客はどれくらいあった？」

「十七軒。リストをもらってきました」

結城は渡された紙を見た。多摩地区の客が多いが、品川や五反田といったところもある。

「この十七軒を総当たりするしかないな」

「すべてを？」

「おれもやる。ほかに方法があるか？」

「いえ、大丈夫、まわります」

「わたしも手伝います」

寺町が結城の顔を見て言った。

「よし」

結城が言うと、ようやく小西は安堵の表情を見せた。

10

本庁に寄り、明日以降の為永の取り調べ方針を石井と話しあってから帰宅した。深夜をすぎてしまった。どっと疲れが出た。ビールを飲む気にはなれなかった。一階の和室の障子を開けて、布団に横たわる父親の様子を見た。軽いいびきをかいて寝ていた。睡眠導入剤が効いているようだった。冷蔵庫に夕食用のおかずの入った小鉢があったが、手をつけなかった。軽く茶碗にご飯をもって梅干しを入れ、お茶漬けにした。沢庵をかじっていると、パジャマ姿の美和子が起きてきた。

「……遅かったのね」

と言いながら、冷蔵庫から小鉢を出して並べる。

「おみそ汁あるけど飲む？」

「いらない」

結城が答えると、食べ終えた茶碗と箸をとりあげ、流しで洗いはじめた。

「今日、お義父さんね……」美和子が切り出したので、結城は身体がこわばった。

「朝の十時頃だったんだけど、庭でやー、やーって叫ぶのが聞こえたの。何事かと思って行ってみたら、おとうさん、物干し竿を、こう両手でつかんで庭の土にめったやたら刺してるの。洗濯物は庭一面に散らばってるし。やめてって言っても、やめないし……」

洗濯を二度もしたのだろう。結城はそのことを言わず、黙っていた。

「補聴器もしてくれないのよ」

美和子はきつい口調で言うと、茶碗を食器乾燥機の中に入れた。

「明日、おれから言ってみる」

それだけ結城は言った。

「言う言うって、あなた、ちっとも言ってくれないじゃない。少しは一日じゅう、顔を突き合わせてるわたしの身にもなってよ」

「しょうがないじゃないか、仕事なんだから」

「いいわよね、あなたは仕事に逃げられるんだから」

「逃げてる訳じゃない。なんなら、仕事をやめて面倒みるか」

「もう……あんなお義父さんなら、川でもどこでも、おいてきぼりにしてくれればいいじゃない」

そこまで言うと、美和子は言葉をのみこんで結城のうしろを見やった。

ふりかえると、パジャマ姿の絵里が立っていた。

「いい加減にしてよ、ふたりとも」

絵里はその場で声をふりしぼった。

結城も美和子も答えることができなかった。

「お父さんもお母さんも嫌いっ」

そう言って、絵里は階段を駆け上がっていった。

結城は美和子の顔を見ないで、風呂場に向かった。

二階にある夫婦の部屋で横になっても眠りが訪れなかった。明日のことを思った。廃棄物処理法違反容疑のことは頭から消えてなくなっていた。バケツから出てきた丸い喉仏の骨が何度もよみがえってきた。いったい、あれはどこの何者なのだろうか。

明日の取り調べから、それとなく、人骨の話を織り交ぜることになる。しかし、どうだろうか。あの為永をいくら厳しく問いつめたところで、出てくるものはなにもないのではないか。


結城は午前七時に自宅を出た。結城の受け持ち分は五軒。最初の訪問先は日野市の日野本町に住む小林春雄という客だ。午前七時五十分、小林家に着いた。主の春雄は出勤したあとで、すでに自宅にはいなかった。玄関先に現れた春雄の細君は、警察官の突然の来訪に身構えた。その場で訪問火葬業者を使ったことは認めたものの、とまどいを隠せない様子だった。

違法ではありませんからと何度も念を押すと、ようやく、細君は警戒を解き、焼いた犬の写真を見せてくれた。エデン社を呼び、自宅の駐車場で焼いたのは三月四日。八年ほど飼ったチワワで、三十分ほどで焼けたという。火葬代は五万円で、焼いた骨は裏庭に埋めましたと言い、その場所に案内してくれた。掘り返すわけにもいかず、ペットの写真をあずかり、丁重に礼を申し述べて小林家を辞した。

近所で写真を見せて、たしかにその犬がいたことを確認してから次に移った。

午前中いっぱいかけて、どうにか四軒をまわり終えた。小林家と同じように、どの家もエデン社の火葬車を自宅に呼び、その場で焼いていた。火葬代はどこも五万円。写真もあずかり、近所で聞き込みも済ませたが、怪しむべきところは微塵もなかった。

府中インター近くにあるパスタ店に入り、遅い昼食をとっている最中、携帯に小西から連絡が入った。

「班長、そちらはいかがですか?」

「四軒終わったところだよ。そっちはどうだ?」

「とりあえず、受け持ちは、ほぼまわりましたよ」

「早いじゃないか」

小西の受け持ちは七軒だ。

「六時からはじめましたからね。そちらでなにか、引っかかるところは?」

「ないな。ペット思いの家ばかりだったぞ、そっちはどうだ?」

「一軒、妙なんですよ。さっきから探し回っているんですが、見つからないんですよ」

「どういうことだ？」

「ですから、リストにある地番そのものがないんです」

「白石が書きまちがえたのか？」

「いえ、きちんと控えてありました。この目で確認しましたから」

「そこはどこだ？」

「清瀬（きよせ）です。目の前は畑しかありません」

……清瀬。


「電話はどうだ？」

「かけてみましたが、通じません。でたらめの電話番号です」

「なんという家だ？」

「山口一郎（やまぐちいちろう）」

「おかしな名前だな」

「どことなく偽名くさいですね」

「その山口がでたらめの住所を書いたのか？」

「その可能性が大だと思います。管轄の交番の巡回連絡簿にも、この番地で山口という家はありません。近所にも山口という家は存在しません」

結城は言葉を継げなかった。

なぜ、その山口一郎はでたらめの住所や電話番号を書いたのか。

「もう一度、白石と会って、その山口という男を確認してみたほうがいいな」

「そうですね。そのほうがいいみたいです」

「東久留米だったな？　行けるか？」

「近くです。十五分もかかりません」

「よし、行け。こっちは残る一軒をまわる。なにかわかったら、電話をよこせ」

「了解」

最後の受け持ちは小金井市だった。品の良さそうな五十過ぎの女性に、十年間飼ったマルチーズの写真を見せられていたとき、小西から連絡が入った。結城は断って玄関から表に出た。

「いま、白石さんの事務所にいます」小西は言った。「山口一郎の住所ですが、事務所の控えにある住所も、やはりぼくが出向いた場所と同じでした」

「そうか、山口がにせの住所を書いたのか……でも、白石さんはそこに行ったんじゃないのか？」

「いいえ、自宅ではなく公園に呼ばれたと言っています」

「どこの公園？」

「小平市の公園です。前の晩に電話があって、そこを指定されたと言っています。三月十四日の夕刻だったそうです。レンタカーのセレナで乗りつけてきたらしいんですよ。六十くらいの夫婦だったそうです」

「レンタカーで?」

「『わ』ナンバーだったので奇妙に思ったらしいです」

レンタカーは「わ」か「れ」で統一されているのだ。

「ペットを持ってきたのか?」

「ええ、ゴールデンレトリバーだったそうです」

可愛がっていたペットを葬るのにレンタカーで来るのは、自家用車を持っていないということか。それならば、自宅に呼べば済むはず。それをせず、わざわざ、レンタカーを借り受けて、公園で落ちあった。どうして、そんなことをしたのか。しかも、偽名まで使って。

とにかく、草の根を分けても、山口という輩を捜し出さなければならない。

「小西、近場のレンタカー会社をまわってくれ」

「えっ?」

「聞こえただろ。レンタカー会社を回ってその山口を捜すんだ」

「セレナを借りた人物をすべて?」

「ほかにない。セレナを借り出した人間が見つかったら、そいつの免許証のコピーを借り出してこい」

「それを白石に見せるわけですか？」

「そうだ。おれは本部にもどって、片っ端からレンタカー会社に電話を入れる」

「り、了解……」

「犬を焼いた公園の地番を教えろ」

「はい」

結城はメモ用紙にその地番を書きつけた。

午後六時半、結城は寺町とともに、電話帳と首っ引きで電話をかけまくっていた。小平市とそのまわりの市町村にあるレンタカー会社はすべて当たったが、セレナを貸した店はなかった。午後八時十分、携帯がふるえた。小西からだった。

「ありました」

大手のレンタカー会社の名前を告げた小西の声が躍っている。

「いまどこにいる？」

「立川駅前支店です」

結城は小西の言葉を待った。

「三月十四日。午後二時にセレナが借り出されています。免許証のコピーの写真を撮って白石の携帯に送り、彼から確認を取りました」

「名前は……あるな？」

「言いますよ。名前は……岩井泰夫、昭和二十一年九月三日生まれ。今年、六十三歳」

「……山口は偽名だな」

「偽名です。住所を言いますよ、いいですか。国立市……」

結城はメモ用紙に書き込んだ。

電話を切り、結城は自席のノートパソコンの電源を入れた。親指を指紋認証システムの読み取り機にかざす。初期画面が立ち上がったところで、照会センターにアクセスした。犯罪者や行方不明者など、警察と関係するすべての人間が登録されているデータベースだ。センターとつながると、氏名と住所入力欄に、岩井泰夫とその住所を入力した。総合照会のアイコンを押す。

瞬時に答えが現れた。

〈家出人捜索願
家出人氏名　岩井友造
明治四十二年八月七日生まれ
届け出人　大塚富士子

届け出受理日　平成二十一年七月二日〉

結城は画面を穴の開くほど見つめた。

……七月二日。

昨日ではないか。受理した署は国立署。

うしろで画面を見守っていた寺町が、

「大塚富士子って、どこのだれでしょう」

とつぶやいた。

家出人捜索願は肉親以外でも、現に家出人の世話をしている人物なら届け出をすることができる。

「マチ子、会いに行くぞ」

「えっ、これから？」

「国立署に電話を入れろ」

「了解」

あわてて警電を取りあげた寺町を、結城はじっと見つめた。

11

寺町の運転する車は、大塚工務店という小さな看板のかかった家の前で停まった。

玄関でめがねをかけた年配の女が膝(ひざ)をついて待っていた。ぽっちゃりした顔で、ショートカットの髪はきれいにセットされている。

「お待ちしていました」

女は大塚富士子と申しますと自己紹介し、事務所と兼用にしている応接間に通された。

ソファーセットの机には、缶コーヒーとペットボトルのお茶が用意されていた。

結城が差し出した名刺にさっと目をくれると、富士子はさっそく、切り出した。

「たったいま、警察から問い合わせがあって、本当にびっくりしました」

「申し訳ありません」

「いえ、昨日の今日なものですから。まさかなあ、と思ってお待ちしていたんですよ」

話し方はゆっくりしているが、めがねの奥にある眼差しは、じっと結城を見据(みす)えていた。

「民生委員をなさっているとうかがいましたが、何年おやりですか？」

「十八年。この十月で民生委員は定年です。この歳までよく続いたものだって我ながら感心しちゃって。長いようで短かったですよ」

「大塚さん、さっそくで恐縮ですが、岩井友造さんを受け持っておられたと聞きましたが」

「はい。前の民生委員の方から引き継ぎました。ちょうど、この八月に百歳になります」

「その方のことなのですが」

「息子さんと同居しているようなんですけどね。もう長いこと、近所の人も友造さんを見かけないし、わたしも気になって何度も訪ねたんですけど、会えないままなんですよ」

結城は膝をつめた。

「会えないと仰いますと？」

「ですから、何度訪ねても会えないんです。電話するしかないんですよ。でも、さっぱりご本人の顔は見ることができないし……。一昨日(おととい)もお宅までうかがったんですけど、門も開けてくれなくて」

「一昨日の前に出向いたのはいつですか？」

寺町が割り込んだ。

「先週の金曜日に」

「そのときも会えなかったんですか？」

「まったく。らちがあかないんですよ。電話口では息子さんが出るんですよ。父は鹿児島の老人介護施設に移ったって言うんですけど、住民票はそのままでしょ。じゃあ、その施設を教えてもらおうと思って、それで、また電話したんです。そしたら、今度は、もう施設から出て、いまは実家にいると言われました」

「実家も鹿児島に？」

「そう言ってます。実家の住所を教えてくださいと言ったら、難しい名前だからいますぐ、わからないって言うじゃないですか。これからすぐうかがいますから、書いておいてくださいって頼み込んだんですけど、それからまったく連絡がとれなくなって……もう、わたしでは手に負えなくなってしまって。市のほうで調べてもらったら、介護保険も使っていないことがわかって。おかしいでしょ？　介護保険を使わないで施設に入るなんて。それで、市の方とも相談したんです。市もその気になって近所の人に話を訊いたりして、友造さんの行方を調べてくれたんです。でも、だれひとり近年見たという人はいなくて。それで、最後に市が警察に相談したんですよ。そしたら、すぐ警官が見えたんです。……とにかく、わたしは最後のおつとめとして、友造さんのことをはっきりさせておきたいんです」

富士子が最後に言った言葉に結城は反応した。

「警官がきたと仰いますと？」

「ここの交番のお巡りさんがお見えになりました。それで、岩井友造さんは、いま、どちらにいるか、とか一から訊かれて、もう嫌気がさしてしまって、もう、知るわけないじゃないですかって啖呵を切ってしまったんです。で、そのお巡りさんから帰り際、『じゃ、あなたは友造さんのことをどう思っていますか』って訊かれたんです」

「なんとお答えに？」

「『友造さんは、もう、いらっしゃらないと思います』って答えてやりました」

結城は心臓を突かれたような気がした。

それでも、警察や役所は動かなかった。

それで、やむをえず、いや、藁をもつかむ気持ちで警察に家出人捜索願を出したのだ。

「あの、大塚さん」ふたたび寺町が言った。「友造さんの息子さんと会ったことはありますか？」

「二度会いましたけど」

寺町は岩井泰夫の免許証のコピーを見せた。

「この方ですか？」

手にとってながめると、富士子は正面を向いた。

「この方にまちがいありません」

結城は寺町と顔を見合わせた。

それからたっぷりと富士子の話を聞いた。一時間ほどがあっという間にすぎた。疑念がふくれあがる一方だった。いまするべきことはひとつしかなかった。訪問火葬業者の白石と会って、三月十四日に出会った山口一郎こと、岩井泰夫らのしたことを一言も洩らさず聞き出すのだ。

明日は長い一日になりそうな予感がした。

12

翌日。

午後二時半。結城はワゴン車から、その家の佇(たたず)まいを見ていた。古い塀に囲まれた二階建ての日本家屋だ。鉄製の小豆(あずき)色の門がぴったり閉まっている。家の東側にあるケヤキの木が家全体に暗い翳(かげ)を落としていた。岩井友造の家だ。

ぐるっと家のまわりを歩いてみた。車庫のようなものはなかった。もちろん、車もない。中で人が生活しているようには思えなかった。すべての窓がぴったりと閉じていて、開けられた形跡がない。まるで廃屋(はいおく)そのものだった。結城は車にもどった。

午前中、白石と会って話を聞いてから本庁にとって返した。取り調べを受けている為永と会い、押収した売り上げ帳を見せて、いくつか確認した。そのあと、裏付け捜査を部下に命令し、こうして単独で来ていた。

　エデン社の白石の自宅に、山口一郎を名乗る男から電話が入ったのは、三月十三日の夜のことだった。山口はペットの犬の火葬を依頼してきた。清瀬市にある自宅の住所を告げてから、自宅近辺は家が立て込んでいるので、近くにある公園の駐車場で待機していてほしいと山口は申し出た。奇妙なことだと思ったが、白石はその申し出を承諾した。

　三月十四日の午後六時、白石は指定された場所に着いた。

　すでに日が暮れて、停まっている車はなく、人気もなかった。よく見ると、端のほうに白っぽいワゴン車が見えたので、そこまで走ってトラックを停めた。セレナの前に六十歳前後の夫婦がいて、かたわらに大きなバッグがあった。女はサングラスをかけていた。セレナのナンバープレートが、レンタカーを示す「わ」になっていたので、おやっと思った。

　男は山口一郎と名乗り、女房は目が不自由で、長い間、盲導犬のゴールデンレトリバーの世話になった。その犬が昨日の朝、死んでしまった。バッグに入っているのはゴールデンレトリバーだと言った。この犬には言葉では言い尽くせないほど世話になったので、せめて、葬式だけは、自分たち水入らずで火葬にしてあげたい、と言った。

　白石は快く引き受け、その場で代金の五万円を受けとった。トラックの後部ハッチを開けて、夫婦に火葬のやり方を教え、白石は、歩いて公園をあとにした。腹が減ったので、近くのそば屋で天せいろを腹におさめた。そこに細君から買い物をしてきてほしいという電話が入ったので、近くのスーパーマーケットで買い物を済ませた。一時間半ほどで元の場所にもどった。夫婦はすでに遺骨を骨壺に納めていた。簡単な挨拶をかわすと、夫婦はワゴンに乗って走り去っていった。

最後に白石は自信なげに話した。暗い場所だったし、遺骨を掻き出すのも素人がやったことだから、もしかすると、炉の中に掻き出し忘れた骨があったかもしれない、と。白石はゴールデンレトリバーの死骸を見ていない。

午前中、白石と会ったとき、移動火葬車をくまなく調べた。後部ハッチを開けると左側に遺骸を燃やす一次燃焼室がある。床に近いところに取っ手があり、それをつかんで引き出すと、鉄製の厚い板が出てくる。板の上は、火を防ぐための石綿でおおわれて、さらに、遺骸を乗せる白い床がある。そこに遺骸を置いて炉の中に入れる。燃料はプロパンガスだ。煙は右側にある二次燃焼室で処理されて、ほとんど無煙になったものが排気口から出る仕組みになっている。火を入れるスイッチはトラック内側の左手の壁にひとつだけ付いている。それを押すだけで火がつく。

炉の奥行きは一・五メートル。白石によれば、口コミでくる客が多いという。燃やす温度は九百度で、四十キロの犬ならば燃やすのに二時間かかると言った。

その説明を聞きながら、結城はその可能性を考えた。

――山口夫婦が茶毘に付したのは人間だったとしたらどうか。

生身の人間ならば、二時間では燃やしきれない。山口らは一時間強で燃やしたという。ミイラならば燃やせるのではないか、と。

目の前にある家が〝山口一郎〟らの住まいにちがいなかった。彼らは夫婦ではなく兄妹なのだ。兄の名前は岩井泰夫。妹は岩井繁子。六十二歳。

おそらく、三年、いやもっと以前に岩井友造はこの家の中で息を引き取っていた。そのとき、山口一郎こと、岩井泰夫も繁子もなんの職にもついていなかった。ふたりにとって友造の年金だけが生きる糧だった。それを奪われてしまえば、明日からの生活すら立ちゆかなくなる。

友造はまだ生きている……。生きてまだ、年金をもらっている。父親の亡骸を横目に、そう言い聞かせた。骸は布団とともに押し入れ深くに押し込んだ。月日が経ち、骸はミイラに成り果てた。しかし、天はその行いを見逃さなかった。民生委員の大塚が、岩井友造の行方をしきりと問い合わせてきた。これ以上、自宅に置いてはおけない。

追いつめられた泰夫らはペットの移動火葬車のことを思いついた。あれで焼いてしまえばいい……。

それは実行に移された。しかし、最後の最後、彼らは取り残してきてしまったのだ。父親の喉仏を。

翌日の三月十五日。白石は得意先の為永に呼ばれ、いつもの駐車場に出向いた。トラックのハッチを開け、炉を半分ほど引き出して、為永の運んできたペットの遺骸を乗せた。そして焼き上がるのを待つ。一時間ほどして、為永は焼かれた骨をろくに調べもしないで、ポリバケツに放り込んだ。それが、為永の自宅で見つかった喉仏にほかならなかった……。

すべての読みが当たったのに、結城はひどい虚しさに襲われた。

一昨日の深夜、自宅で妻と交えた喧嘩をひとしきり思い出した。

……あんなお義父さんなら、川でもどこでも、おいてきぼりにしてくれればいいじゃない。

これといった人づきあいもなく、職もない六十過ぎの岩井泰夫のことが、さほど遠い存在には思えなかった。もし、自分も同じ立場に立ったら……。

結城はそれから先の考えを封じ込めた。いや、自分なら……やらない。

結城はあらためて、岩井家の門を見やった。

しばらく迷った末、ワゴン車を降りた。ゆっくりと門に近づいた。

家をおおうケヤキの木のシルエットが頭にかぶさってくる。

内側にある家の中で、じっと息を潜めている兄妹の吐く息が聞こえるような気がした。

とにかく、一度だけ、門を叩いてみよう。出てこないのはわかっているが。

ペドファイル

1

「もう一度、よくご覧になってください」

結城が言うと、教頭の中谷和広(なかたにかずひろ)は少しだけ写真を手元に引きよせた。

「はあ」

「はっきり出ていますよね。イチョウの形が」

「そう言われれば、まあそのようにも見えますけど」

結城は学校案内のパンフレットにある校章のロゴを指さした。

「そっくりというか、そのままでしょ？」

「そうですか？　けっこうぼやけてますし」

見かねたふうに寺町由里子が割り込んできた。

「教頭先生、お断りしておきますが、うちのほうで手を加えてなどいません。拡大したものを印刷しただけです」

「それはお聞きしましたよ」

「ロゴだけじゃなくて、全体を見てご判断していただけませんか？　部屋の床とか背景とか、見覚えはありませんか？」

「そう仰られても……フローリングの床だけでは」

「壁はいかがです？」

「……何度も申し上げていますとおり、このような部屋はございませんな」

「そう言いきれるのですか？」

「ないものはないでしょう。どうです、本間先生」

教頭は横にいる保安担当の教師の前に二枚の写真を滑らせた。

一枚は素っ裸の女児の全身が写っている写真だ。着衣は床に脱ぎ捨てられている。顔はぼかしが入っていて、わからない。体つきからして、小学校の高学年くらい。背景にカラーボックスらしきものが見えるが、ぼやけていてよくわからない。もう一枚は、床に脱ぎ捨てられたシャツの胸元にあるロゴを拡大した写真だ。イチョウの葉をデザインした南陽学園の校章と似ている。南陽学園は名門校として名が通った私立の小中一貫校。男女共学だ。中目黒の小高い丘の中腹に建っている。

「似ていると仰られましても、どうでしょうか」本間信夫が見かねたように言った。「校章にイチョウの葉を使っているところは、多いですからねえ」

白髪がちの教頭に比べて、本間教諭は若い。がっしりした体躯だ。四十に届いていないだろう。

「でも、枝の先が三つに分かれているところは、こちらのものとそっくりではないですか？」

寺町が食い下がる。

「そう、言われればたしかに……」

「本間先生」

教頭がたしなめると、本間は首をすくめて写真を机にもどした。

「もう一度、おうかがいしますが、学校のほうには、児童や父兄から被害を受けたという連絡は入っていないのですね？」

「ええ、ひとつもないです」

「これに限ったことではなくて結構です。こちらの児童が声をかけられたり、不審者が出没するといったようなことはないですか？」

「それはちょくちょくありますよ。区のほうからメールで知らせてきますから。声をかけられて、つきまとわれたというのが多いです。ね、本間先生」

「あっ、はい」

「それは学校の近所に限ってのことですよね。東急の沿線から通ってくる子供さんも多いんじゃありませんか？」

「そうですね、半分近くが電車で通っていますけど」

「車内で目をつけられたりして、狙われやすいですよね。鉄道会社から連絡があるんじゃないですか？」

「ないことはないですけど、実際に被害に遭（あ）った子はいませんし。あの、この写真はどちらから……？」

「うちの担当課が見つけたものです。ある男がファイル共有ソフトを使って、インターネット上に自分のパソコンに保存してある女児のポルノ画像を閲覧できるようにしていました」

　ハイ対（ハイテク犯罪対策総合センター）のサイバーパトロールで見つかったものだ。

「逮捕されたんですか？」

　本間が興味深げに訊（き）いてくる。

「もちろんです」

「あの、どのような罪になるんでしょうか？」

「児童買春・児童ポルノ禁止法違反です。くわしく申し上げると、公然陳列目的所持の疑いということになります」

「その男は認めたんですか？」

「自供しました」

　児玉達夫（こだまたつお）というふつうの会社員だ。

「何歳？」

「中年です」

「職業は?」

「これ以上、申し上げることはできません」

「所持するだけで法に触れるんですか?」

「むろんです。十八歳未満であることを知りながら、写真撮影した場合でも、即、児童ポルノ製造の罪で逮捕されます」

「大げさだな。製造なんて」

「教頭先生」寺町が話を打ち切るように言った。「学校内をひととおり見せていただけますか?」

「結構ですよ。本間先生、ご案内してください」

寺町はすっと立ち上がると、結城より一足先に教頭室を出ていった。

一階にある教頭室を出ると、狭い廊下をはさんで保健室と職員室が並んでいる。廊下の先は大会議室と体育館に通じている。大きくとられた窓越しに、コンクリート打ちっ放しの校舎の壁面が見えた。狭い敷地に複数の建物がつめ込まれ、それらをつなぐ渡り廊下は二階建ての重層式だ。

本間がタイル張りの通り抜け通路を見やった。「こちらサイドは管理棟になっていましてね。二階に食堂と給食室、三階に多目的ホールを配置してます。この対面の建物が、子供たちの教室になってます。ごらんのように、一階の通路を進めばグラウンドに出るような造りになっていますがね。なにを想像されます？」

言われて、結城は柔らかな十月の日差しがさし込む通路を見た。

建物がいびつな形で配置されているので、不整形だが、かなり幅がある。三階の屋上には鉄の梁が渡され、ガラス屋根が埋め込まれていた。

「駅……でしょうかね」

「そうご覧になりましたか。ちょっと残念です」

「なにか特別なものでも？」

「こう、渓谷のようなイメージが湧かないですか？」

言われてみれば、そう見えなくもないが。

「街中の学校にしては、それなりの敷地はあるんですよ。しかし、いびつな形でしてね。おまけに、標高差が七メートルもあって、不揃いな建物の連続ですよ」

「本間先生、子供たちのいる教室へご案内ください」

寺町に言われ、本間は講釈をやめて先に立って歩き出した。

渡り廊下を歩いて反対側の校舎に入った。

「えっと、こちらは特別教室棟となってます。一階は音楽室と図工室、二階には理科室、コンピュータ室、視聴覚室、三階は図書室といった配置ですね。この棟を境に、右手が小学校、左手が中学校の教室です」

本間の説明もそこそこに、寺町が先だって歩き出した。それぞれの特別教室を確認する。続けて児童がいる小学校の教室。各学年二クラス、定員は二十八名。緑色のブレザーを着た児童が行儀よく並んでいる。六年生を受け持つ女性教師が病気で長期休職していると教えられた。念のために中学校の教室も見た。校内は階段だらけで、ひとわたり施設を見終える頃には、小高い山に登ったような疲れを覚えた。四十分後、結城は寺町とともに学校の西門から外に出た。

子供たちの姿を見ていて、結城は娘の絵里のことを思い出した。最近になって、予備校から帰宅するのも早いし、夕食もとらないで寝てしまうこともあるという。妻の美和子が心配して身体（からだ）の具合でも悪いのかと訊いてみるが、返事もよこさないらしい。この夏、認知症がひどくなった父親の益次を妻の美和子に相談しないで介護施設からひきとった。それが元で、最近、美和子とよく口喧嘩（げんか）をするようになった。思い当たることはそれくらいしかない。

あらためて、結城は高い擁壁（ようへき）の中に建つ学校を見上げた。学校というよりも、モダンな集合住宅に近い。

「ここはもういいだろう」結城は言った。「次にかかるか」

「いえ、まだもう少し」

と寺町は未練がましく校舎を見ている。

「写真はほかにもあるぞ。ここの子供だけじゃない」

「でも、この学校に手がかりがあるように思えるんです」

ほかにも、何枚か、写り込んでいる背景から、場所が特定できそうな写真があった。今日のところは、それらをすべて回ってみたかった。

「マチ子、行くぞ」

「班長、わたし、ここに残らせてください」

「残ってどうする？」

「聞き込みをしてみます」

「聞き込み？　どこで？　ホシは路上で子供の裸を撮ってるわけじゃないぞ」

「なにか出てくるかもしれません。ひととおりのことは済ませないといけないと思います」

言い出したらきかない部下だ。まかせるしかないだろう。

「所轄のほうにも寄ってみろ。帰りに拾うから、それまでだぞ。いいな」

「わかりました」

言うが早いか寺町はさっさと背中を見せて歩いていった。

2

寺町は坂を下ったところにある雑貨屋に入った。五十がらみの店番の女に警察手帳を見せ、近所で変質者が出没するようなことはないか訊いてみた。女は物珍しげに寺町の顔を見やり、思い出すような感じで口を開いた。

「この先の路地ね、自転車やバイクに乗った男にバッグをひったくられることがちょくちょくあるみたいですよ。カーブの手前で、ひったくられるでしょ。そのあと、すぐ角を曲がってしまうから、ろくすっぽ姿を見ていないんですよ」

「ひったくりのほかに、なにかありませんか？　たとえば……痴漢とか」

「痴漢ねえ、あまり聞いたことないねえ」

だめだ。見込みはない。

「失礼します」

店を出て小さな公園に足を踏み入れた。

子供連れの母親たちが、三組ほど散らばっていた。砂場で遊んでいる親子に聞き込みをしたものの、得られるものはなかった。寺町は少しばかり後悔の念にさらされていた。当てずっぽうに聞き込みをしても、成果は得られないかもしれない。学校にもどるしかないだろう。

学校に続く階段を上り、西門の前に立っている守衛に警察手帳を見せて校内に入った。学校の警備は厳重のようだ。といっても、西と東にある門に守衛が常駐しているだけなのだが。学校そのものは、高い擁壁の中にあるから侵入は不可能だ。

昼休みで、それまで教室に閉じ込められていた子供たちが校舎のいたるところに出ていた。携帯の画面にじっと見入っている子もいる。小学生だろう。裕福な親が多いから、小さいうちから持っているのだろう。歓声のする方角へ足を向けた。

狭い校庭では、トラックを中学生たちが走っていた。片隅で小学生らしい一団が、三人ひと組になって、五十メートル走をしている。口々に運動会という言葉が洩れてきて、その練習をしているのがわかった。

四人の女の子が固まっているところまで行って、

「こんにちは」

と声をかけた。

四人はいっせいに寺町をふり向いた。

胸元に張りつけられた名札には、五年一組とある。小学生だ。

「ちょっとお話、してもいい？」

「えっと、なんですか？」

髪を三つ編みにした女の子が言った。

「学校でも外でもいいんだけど、変なおじさんに声をかけられたことがある子はいる？」

「ないよねえ」

「ほかのみんなはどうかな？」

残った三人が困ったような顔つきで、寺町を見ている。

「おねえさんはだれですか？」

と尋ねられたので、寺町はしかたなく、警察手帳を見せた。

「うそっ、女けいじさん？」

「すげー！　ほんもの！」

瞬く間に声が広がり、うしろにいた男の子たちが、好奇心むき出しの顔で割り込んできた。

「えっ、なに、けいじ、テレビに出てくるけいじさん――」

「なにしてるの」

大柄な女の子が近づいてきた。他の子供たちは、蜘蛛の子を散らすように離れていった。女の子の胸の名札には、六年二組、西尾結花とある。大人びていて、とても小学生には見えない。中学三年生でも通るだろう。

西尾は寺町の顔を物珍しげに見ると、

「ほんとに刑事さん？」

と声をかけてきた。

「そうよ」

「警察手帳見せて」

寺町は見せてやった。

「ほんとだぁ」

首にホイッスルを下げた、すらりとした女教師が西尾に声をかけると、西尾は去っていった。

「あの、失礼ですけど」

訊かれて警察手帳を見せた。

三十五歳前後だろう。首にさげたIDカードには宮島と書かれている。

「お忙しいところ、申し訳ありません。少しお話をうかがえませんか？」

寺町が言うと、宮島は校庭と校舎のあいだにある階段の端に寺町をいざなった。さきほどの小学生たちが集まってきたので、宮島は手を叩きながら、

「さあ、練習練習、時間ないわよー」

と追い立てた。

「えっと、どのようなことでしょう？」

宮島は用心深げに訊いてくる。

寺町は手短にかいつまんで事件のことを話した。児童ポルノという言葉を口にすると、相手は、ガードをかたくしたように感じられた。

「それって、うちの児童にまちがいないんですか?」

寺町は女児の裸体写真をおさめたアルバムを宮島に渡した。

深刻そうな顔つきで写真を見ると、宮島はすぐ返してよこした。

「写っている校章は、こちらの学校のものと見ていいと思うのですが、いかがですか?」

「そう言われたら、そう見えないこともないですけど」

教頭たちと同じようなことを言われて、寺町は少しばかりいらついた。

「写真の背景になっている部屋はご存じないですか?」

「……うちの学校内ということですか?」

「まだなんとも言えないんですが、おそらく」

心底、気味が悪いらしく、眉根(まゆね)を寄せ、宮島は顔をゆがめて、ぽつりと言った。「嫌だわ」

「宮島先生、なんでもいいんです。思い当たることはありませんか?」

宮島は一瞬、躊躇(ちゅうちょ)するような感じで寺町の顔を見やった。

なにか、気になることがあるのだろうか。

もう一度、声をかけようとしたとき、背の高い四十がらみの男が目の前に立っていた。バスケットボールを抱えている。うしろに数人の生徒がいた。言いつけられたらしい。

「宮島先生、なにかありました？」

「あっ、こちら警察の方ですけど」

と言うが早いか、宮島は挨拶もしないで離れていった。

また最初から同じことを話す羽目になった。写真を見せたものの、男の教師はほとんど無反応だった。ＩＤカードには福井とある。

「えーと、困りますなぁ」

うしろから声がかかり、ふりかえると、本間が立っていた。

寺町は近くに呼ばれた。

「校内を勝手に歩かれると困るんですよ」

困惑というより、威嚇するような口調で言われて、寺町は返す言葉が見つからなかった。

「たしかに、あんな写真を撮った輩は許せませんよ。でも、むやみに子供や先生に話されてしまっては収拾がつかなくなりますから」

「ごもっともです」

ここは謝るしかなかった。

「お調べのお手伝いをするのはやぶさかではないですが、必ず当方の承諾を得た上でお願いできませんか？」

「わかりました、以後、気をつけますので」

「その際は、わたしか教頭先生がごいっしょいたしますので」

「わかりました。失礼いたします」

寺町は足早に校内を横切り、校舎から出た。また一段、学校の敷居が高くなったような気がした。残された仕事は、所轄署で実情を聞くことだけだった。

中目黒署を出たのは午後四時をまわっていた。結城らと落ち合う場所の東急東横線中目黒駅を目指した。気がつくと濃い緑色のストライプのブレザーにまわりを囲まれていた。南陽学園の女子生徒たちだ。学校が終わって電車で帰るのだろう。さほど背が高くない。中学に入ったばかりの生徒たちに思われた。歩きながら、携帯の画面をのぞきこんでいる女生徒が多い。小耳を立てながら歩調を合わせた。

「中根ってさ、今日、英語の小テスト抜き打ちでやるし、激ヤバだった」

「ほんと、最悪だよねアイツ」

たわいのない話だ。その横にいる女生徒が携帯に見入っている女の子に、

「ねっねっ、なんて書いてある？」

と声をかけている。

「えー、信じられない」

「ね、見た、昨日のあれ？」

「昨日のって？」

「あもい」

「あれ、わたし見ないことにしたの。うざいから」

「ええぇ、平気ぃ」

携帯のサイトの話だろうか。

「ぜーんぜん。見なけりゃいいの。さおりも見過ぎると、変なことになっちゃうよ」

「げっ、ともちゃんみたいになる？」

「うっそぉ、言ってないよ、わたし、ともちゃんのことなんて」

信号のある交差点にさしかかり、寺町は生徒たちから離れた。

中目黒駅前で結城らが乗るミニバンに拾われた。

運転している小西が助手席の寺町に目をくれた。

「マチ子、長いこと粘ったな。どこ、ほっつき歩いてた？」

「あちこち行きました」

「ひとりで聞き込みは、さぞ大変だっただろう。ま、下手な鉄砲も数撃ちゃ当たるか」

「それがひとつも」

「だろうな」

「班長は、いかがでしたか？」

「上馬（かみうま）と下北沢（しもきたざわ）に行ってみたが、マチ子と同じだ」

別の女児の裸体写真には、窓越しに地名らしきものが入った看板が写り込んでいた。それを頼りに街中を走り回ったというだけなのだ。目黒の学校よりも手がかりとしては薄い。

「中目黒署はどうだった？」

石井に訊かれた。

「ああ、はい、公園で、児童に局部を見せる男がいるという程度でした」

「そいつは捕まっているのか？」

「いえ、まだ」

「まあ、南陽学園の小学生の制服はちょっとまずいですね」

小西が言った。

「制服のどこがだ？」

「あのリボンタイなんか、その手の人間にはぐっとくるかもですよ。――子供らの、裸を見ては、うさばらし」

小西がからかい半分の句を詠むと、うしろにいる石井が運転席の背もたれを蹴った。

「うさばらしなんかじゃないと思います。この写真を撮った男は本気で女の子を狙っていると思うんです」

「ほほう、先生方への聞き込みで、相当ストレスため込んだかぁ？」

ずばり突かれて寺町は言葉につまった。

バッグからアルバムをとり出して、一枚ずつめくった。ざっと三十枚。どれも素っ裸で、局部をクローズアップした写真がそのうちの五枚。見ていると、胸のあたりが火で焼かれたように痛み出してくる。どんな人物が撮ったのだろうか。顔はぼかしが入っていてわからないが、全体の印象からして、子供が恐れているような気配は感じられない。一定のアングルから撮られているのも奇妙な気がする。

「印象がよくありません」

寺町が口を開くと、バックミラー越しに結城と目があった。

「なんのだ？」

「学校です。訊けば訊くほど、かたくなになっていくというか」

「そりゃ、マチ子の訊き方のせいじゃねえか？」

「だまってろ」

石井が小西を制する。

「この写真は学校の中で撮られたような気がします」

「確証でもつかんだか？」

「いえ、ですから……」

「印象だけじゃねえ。捜査員ひとり動かすのも、人件費がかかるのよ。その辺、充分、認識してな」と小西。

「どうですか、班長、例の街金もあるし、このくらいで見切りをつけてみては」

石井があらたまった口調で言った。

「そうだな」

大塚で貸金業の登録を受けずに、法定金利の倍の金利で金を貸し付けているヤミ金融業者の内偵に入っていた。被害者も多く、解決を急がなくてはならない事案だ。

「でも、班長」と寺町は食い下がってくる。

「明日だ、マチ子、明日、一日、やってみろ。それで、目鼻がつかなかったら、このヤマは手仕舞いにする」

寺町はアルバムの端を握りしめ、「わかりました」と答えた。

結城はその姿を見て、少し力を貸してやりたくなった。

「どうだ、イッさん、明日、マチ子につきあうってのは？」

「ええ？　写真一枚ぽっきりに」

「それぞれ、その言い方がマチ子様の機嫌を損ねるんだなあ」

小西が言うと、石井の手がその頭に伸びた。

小突こうとしたその瞬間、小西はアクセルを深く押し込んだ。

その反動で石井はシートに押しつけられ、タイミングを逃（のが）した。

寺町はふと気にかかり、スマートフォンをバッグからとり出して、ネットにつなげた。

ブラウザの検索画面に、〈南陽学園　児童ポルノ〉と入力して検索してみた。南陽学園のホームページに続いて、無関係なブログやホームページが次々に現れた。見出しをチェックする。三画面分見たところで、初期画面にもどした。

次に〈南陽学園　学校サイト〉と入力して検索キーを押す。こちらも似たようなものだった。全国の学校のサイトがぞろぞろ現れた。

女生徒の言葉を思い起こした。彼女たちが見ているサイトは、なんなのだろう。南陽学園固有のことについて、あれこれ書かれているサイトにはちがいないだろう。しかも、「変なことになっちゃう」などと言っていた。生徒たちにとって、芳（かんば）しくない情報が載っていると見てまちがいない。しかも、生徒たちのあいだではなかば、常識になっているサイト……。

〈南陽学園　学校裏サイト〉と入力して検索をかけた。出てこない。

「マチ子、なに見てるんだ？」

ハンドルを握る小西が訊いてきた。

「学校裏サイトを探しているんですけど」

「裏サイトって、子供らが遊びでやってるあれ？」

「そうです」

表立って存在はしないが、生徒らの口コミでアドレスが広がり、学校で起きた出来事や実情が書き込まれるサイトのことだ。主に携帯を使って仮名で書き込まれるのが常で、悪口や誹謗（ひぼう）する記事が飛び交（か）う好ましくないサイトだ。

「南陽学園の裏サイト？」

「見たいと思っているんですけど、検索しても出てこなくて」

「あれってアドレスがわからないと、見られないらしいぞ」

「でも、子供たちのあいだでは必須というか、広がっているんですよね」

寺町は女生徒たちの会話で、それらしい言葉があったことを思い出した。

「あもい」とかいったはずだ。アドレス欄に、〈amoi.com〉と入れて検索してみたが、ヒットしなかった。続けて、amoi を使って、思いつく限りのドメインを入れてみた。四度目の入力で画面が切り替わった。

〈アモイ　ようこそ、南陽学園裏サイトへ〉

と表示された。

これだろうか。
ニックネームで投稿されている記事が大量にあるようだ。
——つるてん
中学はぜったいよそに行く。だって、まなべがいるもん。あいつ、だいっ嫌い。
——ジュピター
けっ、おめえの成績で行けるかよ。
ふたりのやりとりが際限なく続く。画面を更新していった。女生徒たちが言っていた〝ともちゃん〟という名前が出てきた。
——悟り子
ともちゃんはもうだめずら。夏休みの登校日で顔合わせたのが最後。
いくつか、似たような内容の投稿が続いた。
〝ともちゃん〟という女の子が不登校になっているようだ。
——すらばやん
またしてもアリスのせい？
——ホイット
カラーボックスの部屋で脱がされた。
——祭り小僧

ちょっと、やばくね。

寺町はその書き込みをくり返し読んでみた。

カラーボックスの部屋……もしかして、あの写真に写っていたカラーボックスのことだろうか？

「どうした、マチ子、黙りこくって」

小西に言われたが、寺町はまだ確証がもてなかった。

「いえ、別に」

明日、学校を訪ねたときに、訊いてみるしかないだろう。教師ではなく、直接子供たちに。

3

翌朝。金曜日。

後部座席にすわる石井が、つまらなそうな顔で車窓に目を向けている。

「その〝ともちゃん〟という子がいじめられて不登校になった。その原因は学校のどこかにある部屋で裸にされた。そういうことか？」

石井が言った。

「ええ、アリスというのがいじめっ子だと思います」

　寺町は答えた。

「それも裏サイトのニックネームなのか？」

「かどうかはわかりません。その名前で投稿はなかったですし」

「しかし、裏サイトなんて、あてにならんぞ」

「でも、脱がされたというのが気になります」

「それが流出した児童ポルノの写真の元になったということか？」

「その可能性はあると思いますが」

「でも、児玉の野郎は例のファイル交換ソフトで、エロ仲間と交換しあっただけだろ。流出元になるホームページは特定できているのか？」

「ハイ対に訊いてみましたが、特定のホームページに載っていたものか、それとも、直接、画像だけをやりとりしたのかもわかっていません」

「児玉本人には当たったんだろ？」

「写真を見せました。ファイル交換ソフトで入手したということで、特定のホームページを閲覧していたわけではありません」

「じゃ、直接、ネットを介してあちこちばらまかれたということだな」

「おそらく」

「そうなると、難しいな」

「なにがです？」

「まさか、マチ子、学校で教頭らに直談判する気じゃないだろうな？」

「……ある程度は訊くしかないと思っていますが」

「どこまで？」

「ですから〝ともちゃん〟という生徒が存在しているかどうか、アリスというあだ名のいじめっ子がいるかどうか……」

「本気か？」

「そうするしかないと」

「学校の先生方が、はい、そうですか、と教えてくれると思うか？」

そう言われると自信がない。教師たちはみな、バリアを張っている。

それに、と思った。今朝方、もう一度、携帯に登録していた南陽学園の裏サイトにアクセスしてみた。すると、昨日見た投稿の肝心なものが、ごっそり削除されていたのだ。

〝ともちゃん〟、アリスといった固有名詞が出ていたものはすべて。

この自分が聞き込みをしていることを知って、学校側が消したのだろうか。学校側が裏サイトを見つけた場合、すぐに潰すはずだとハイ対から教えられた。それとも、犯人につながる人間が消したのだろうか。いずれにしろ、学校側を問いただすのは、有効ではないかもしれない。しらばっくれられてしまえば、元も子もない。そうなったら、手がかりが失せてしまうからだ。

　学校に着いて教頭室に入ると、昨日と同じように本間も同席していた。

「昨日の今日で申し訳ないですなあ」

と石井は早くも友好ムード満点の態度で、事件のことなどおくびにも出さなかった。独特なフォルムをした校舎をほめちぎり、廊下ですれ違う生徒は、きちんと挨拶を返してくれます、教育が行き届いていますなあ、などと嘘をつき放題だった。寺町は一言も発することができず、教頭室をあとにした。

　遅れて出てきた石井の手には、在校生名簿と卒業生名簿がちゃっかりと握られていた。石井は在校生名簿を寺町によこし、「近所の聞き込みでもやってみるか」と言い残し、車で走り去っていった。とりのこされた寺町は急いで校舎から離れた。階段を下り、昨日も訪れた公園で薄っぺらな在校生名簿を開いた。

　中学一年生のクラスから見た。目当てになる名前はない。小学六年生の二組に、大草朋香という名前があった。もしかして、これだろうか。裏サイトでは〝ともちゃん〟となっていた。住所は品川区の旗の台となっている。この大草朋香が不登校かどうかを学校側に訊いても答えてくれないだろう。

寺町はその場で大草家に電話を入れてみた。六度目の着信音のあと、女の声の応答があった。

「あの、南陽学園に通われている朋香さんのおかあさんでいらっしゃいますでしょうか?」

「……どちら様でしょうか?」

寺町は名前と所属を告げた。

「生活安全……」

「朋香さんのお母さんでいらっしゃいますか?」

「はい、母ですけど……なにか」

「少し調べていることがありまして、朋香さんはいま、ご在宅でしょうか?」

「いますけど、なにか……」

やはり、不登校か。

「あくまで参考程度のものなのですが、ご本人とお話をさせて頂くわけにはまいりませんでしょうか?」

「どんなことですか?」

「朋香さんは学校に行かれていないということをおうかがいしました。それで、その理由といいますか、行くことのできない事情があるようでしたら、それを知りたいと思いまして、お電話させていただきました。朋香さんが事件に絡んでいるとか、決してそういうことではないんですよ。あくまで、参考ということですので」

ふと、この家の大草朋香がアルバムにある全裸の少女ではないか、という思いがよぎった。もしそうなら、それが不登校になった理由ではないか。彼女が裸になったとしたら、それなりの理由があるはず。アリスという人物に強制された……。そのことを母親は知っているだろうか。仮にそうだとしても、娘の恥を表沙汰にするようなことはしないだろう。

「ちょっと訊いてみますから」

と母親に言われて、寺町は安堵した。

やはり、母親は知らないのだろうか。それとも、不登校になった原因は別のことか。

二分ほど保留したあと、母親の応答があった。

「すみませんが話したくないと言っておりまして」

「……そうですか、あの、おかあさん、朋香さんが学校に行かなくなったのは二学期からですか？」

「そうです」

「学校のほうでなにか、あったということでしょうか？」

「それが困っています……いくら本人に訊いても答えてくれないし」

母親の困惑した声に嘘はないように思えた。

「あの……市川さんはどうですか?」

ふと思いついたように母親が言った。

「え、どちらの?」

母親は、「なんでもありません」と答え、電話は切れてしまった。


南陽学園にもどった。顔見知りになった守衛に挨拶して、校内に入る。昼休みで、教室から解放された生徒たちが、思い思いの場所にいた。中学生はネクタイをつけているので、リボンタイの小学生たちと区別できる。つとめて、防犯カメラの死角に入るように歩いた。昨日、見かけた中学生たちの姿を探したが、見つけられなかった。

体育館の裏手に回ると、三人の女子中学生が携帯を片手に、話し込んでいた。ひとりがファッション誌のようなものを持っていた。

寺町はさりげなく近づいて、ファッション誌を開いている女生徒に声をかけた。

「あ、面白そうな雑誌読んでますね」

寺町が言うと、女生徒は雑誌を閉じて、寺町の顔を見やった。

「わたし、記者をしてます。先生方には断っていますけど、ちょっと話を聞かせてもらっていい?」

「うそーっ、刑事さんだよね、刑事さん。ねえ、ピストルとか持ってる？」

もう身分がばれてしまっていることに、寺町は面食らった。

「あっ、わかった？　そうです、刑事ですよ。だれから聞いたの？」

三人は顔を見合わせて、

「だって、みんな知ってるもん、ねえ」

教師から洩れたのだろうか。それとも、生徒からか。

「なら早いか」内心、あわてていたが、寺町はあっけらかんと言った。「あなたも携帯を見てるのね。なんのホームページ？」

携帯を持っていた女生徒がフラップを閉じて、ポケットにおさめた。

「あれ、もう見ないの？」

「だってねえー」

「なに？」

雑誌を見ていた女生徒が言った。「校内は携帯禁止」

言うと、三人はくすくすと笑った。

「そうかあ、ごめんね。でも、先生には言わないから安心して。でさ、わたしも amoi 見たんだ。アリスって何者？」

三人の顔から笑みが消え、視線を外された。

「ひょっとして、大草朋香さんもアリスからいじめられてたとか？」

「あっ、ともちゃん」

「小六の子？」

と三人は小声でしゃべり出した。

「知ってる？　ちょっと気になってるんだ。アリスってどんな子？」

「怖いよねえ」

「どんなふうに？　叩いたりする？」

「チャットで見るだけだよね。変なこといっぱい書いてあるし」

「キモイよ、あいつ」携帯を持っていた子が言った。「いきなりぱっとやってきて、いっしょにいなくなっちゃうし」

「いっしょって、だれが？」

「ていうかぁ、声かけられた子はいなくなるっていうし」

「ほんと？」

女生徒のひとりが訊いた。

「うん、amoiに書いてあった。すぐ連れられてどっか行っちゃうんだって」

「ちょっといいかな」寺町があいだに入った。「その子がアリス？」

「かもー」

「どんな子？　中学生？」

「どうかな」

「カラーボックスみたいなものが置いてある部屋ってあるかな？」

「うーん……たぶん、ひまわり」

「ひまわり？」

「ゴッホのねえ」

別の子が言った。

ゴッホのひまわり……のことだろうか。

「ねえ、刑事さんのメルアド教えて」

ファッション誌を持っていた子がいたずらっぽい顔で言った。

「いいけど」

教えてやると、三人は寺町の存在など忘れたように、またおしゃべりに夢中になり出した。

特別教室棟まで急いだ。ゴッホのひまわりと言われて、思い当たるのは図工室くらいしかない。あれはたしか、特別教室棟の一階にあったはず。

管理棟に児童はほとんどいなかった。下駄箱に靴を入れ、スリッパを履かずにあがる。図工室のプレートのかかった部屋の取っ手に手をかける。鍵はかかっていなかった。スライドドアを開けて中に入った。六卓の大きな机が並んでいる。教室のうしろの壁際に、布きれで覆われた一角があった。布きれを引き上げてみると、引き出し型のカラーボックスが三つ重ねられていた。これだろうか……。

「困りますなあ」

　ふりかえると、保安担当の本間がいた。

「教頭先生からも言われているんじゃありませんか？　やたらと生徒たちに話しかけられると、うちとしても、困るんですよ」

　守衛から知らせが入ったのだろう。

「あっ、すみません。少し、生徒さんから聞きたいことがありまして、つい」

「大草朋香の件ですか？」

　言い当てられたような気がして、寺町はあっけにとられた。

「いま、お母さんから学校のほうに問い合わせがありましたよ。なんの御用で大草さんのお宅にお電話されたんでしょうかね？」

「すみません。もう、行きますので」

「児童ポルノの被写体になるような子はうちにはいないですよ」

「……そうですね、すみません」

「とにかく、教頭室までおいで願えませんか。担当の窓口はそこですから」

「わかりました」

　さんざんしぼられて、教頭室を出たのは午後一時半をまわっていた。西門ではなく東門から出る。石井から携帯に電話が入った。落ち合う場所を告げられた。そこは中目黒駅の目と鼻の先にあるそば屋だった。

　石井は音をたてて、天せいろをすすっていた。向かいにすわり、鴨南蛮を注文する。

　石井はエビ天をたっぷりとそばつゆにひたして口に運んだ。

　寺町は調べたことを話し、教頭から小言を食らったことも付け加えた。

「マチ子も懲りねえな」

「ほかに訊くところもないし」

「その図工室で撮られたのはたしかか？」

「……わかりませんけど」

「大草朋香本人とは話せなかったんだな？」

「だめでした」

「まあ、無理もないか」

　言うと、またそばをすすった。

　運ばれてきた鴨南蛮に手をつける。

石井は一枚の紙を寺町の前に滑らせてきた。男の顔が印刷されている。黒いジャンパー姿だ。女の子の手を引いている。

「先月の五日、ちょっとした事件があったみたいだぞ。知ってるか？」

「知りませんが、なにか？」

「南陽学園の小学四年生の女の子が神隠しにあった」

「神隠し？」

「自由が丘から電車通学している子が夕方、行方不明になった。見つかったのは渋谷の道玄坂上交番。夜の十時すぎにひとりでやってきたらしい」

言いながら、ずるっと音をたててそばをすする。

「だれかに連れていかれた？」

石井はそばを嚙みながら、二度うなずくと、写真の男に指をあてた。

「中目黒駅の監視カメラの写真。その子といっしょにいた男がこいつ」

あらためて写真に見入った。上から撮られているので人相がうまくつかめない。それでも、おおまかな輪郭はわかる。長髪で若そうな感じだ。

「駅から連れ去られたということですか？」

「そうらしい。女の子といっしょに写っている写真はそれだけだ。だまして、車にでも連れ込んだんじゃねーかな」

「それで、渋谷の……ひょっとしてラブホテル街あたりまで行って……」

「その線が強いんじゃないか。渋谷署の担当に訊いてみたが、マル害（被害者）がショックでしゃべらないそうだ。ヤマが見えてこないって嘆いてたな」

まったく聞いていない。学校側はどこまでシラを切るつもりか。写真の下にボールペンで名前が書き込まれていた。市川美羽（みう）。

「マル害は市川美羽？」

石井はまたうなずくと、そばを口に含んだ。

大草朋香の母親が口走った名前のことを思い出した。ひょっとしたら、この美羽のことか。

携帯がふるえた。見知らぬアドレスからメールが届いていた。いたずらメールだろうと思いながら、中身をチェックする。

〈女刑事さんへ（^o^）　アリスって意地悪大王。ちょーキモイからみんな大嫌い。でも、一部から熱狂的支持獲得。ビミョー（-_-）〉

昼休みに話した女生徒のうちのひとりが送ってよこしたのだ。一部から熱狂的支持ってなんのことだろう？

寺町はそれが知りたくて、返事を打った。一分もしないうちに返事がもどってきた。

〈えっとぉ、すんごく頭が良い子。味方につくとテストの予想問題とか教えてくれる。ず

ばっとストライク、じゃあね〉

またしても、謎かけのようで意味がわからない。いじめっ子であると同時に、テストの予想問題を教えてくれる。それはいいが、いったい、どこのだれなのか？

〈名前を教えて〉と返事を送る。

すぐ、返事があった。

〈Y・N〉

イニシャルか？

寺町はバッグから在校生名簿をとり出して、ページをめくった。

小学五年生のクラスを手はじめに、中学二年生まで調べてみた。

内藤祐介（ないとうゆうすけ）　中学二年一組

西尾結花　小学六年二組

このふたりしかいない。

中学二年生ではないだろう。

西尾結花の名前を入力してメールを送った。二十秒後に携帯がふるえた。

〈ピンポン〉

西尾結花がアリス……。

大草朋香は西尾にいじめられていた。そう見てまちがいないだろう。

問題の裸の写真。やはり、大草朋香が被害者ではないか。

4

「あれが西尾結花か……」

石井が望遠鏡をのぞきこみながら、つぶやいた。

ここは南陽学園の校庭を望むことができるマンションの三階だ。管理人に身分を明かして、空いた部屋を使わせてもらっているのだ。

「そうです。ちょっとほかの子とちがいません?」

寺町も同じく校庭でくり広げられているドッジボールの様子を見ていた。

ヘアバンドを巻いた西尾結花の動きはひときわ目立つ。狭いエリアの中でめまぐるしく動き、同じ歳の男の子たちを標的にして、いとも簡単にボールを当てている。

「頭ひとつ分大きいな。すばしっこいし」

結花のぴっちりしたTシャツの胸元は、かすかに盛り上がっている。体型に限れば、子供っぽさはなく、すでに大人の女性のようなプロポーションだ。

「あの子に脅されたら、ふつうの女の子じゃ、太刀打ちできないかもしれんな」

「そう思います」

「しかし、例の写真と結びつくかな……」

「そうですね」

いじめるとしても、裸にして写真など撮る必要があるだろうか？ 市川美羽が男に連れ去られた事件のこともある。やはり、児童ポルノ愛好家の男の仕業と見るのが自然だ。

「ほかを当たったほうがいいかもしれんな」

昨日、学校で出会った若い女性教師の顔を思い出した。なにか、気になることがある様子だった。

教職員名簿を見た。住まいは永福町となっている。電車通勤のはずだ。

「本間先生じゃないか？」

双眼鏡の倍率を高くしながら、石井が言った。

保安担当の本間がドッジボールをしている生徒たちの横を通り過ぎると、西尾結花は自軍のエリアを勝手に飛び出して、本間のもとへ走っていく。

なれなれしげに、西尾は本間の腕をとると、いっしょに歩き出した。

本間も当たり前のように、西尾とふたりして校舎の中に入っていった。

「見たか、いまの？」

石井が言った。

「妙な感じがします」

「ありゃ恋人同士だな」

ほかの子供たちがそのことを気にしないのもおかしい。ふたりはずっと前から、あのように親しい関係にあるのかもしれない。

「本間先生は西尾の担任か？」

「ちがいます。西尾さんの担任は病気休職中ですから」

「その先生に代わって受け持っているということは？」

「それはあるかもしれないですが」

それにしても、おかしい。

「どうも臭うな」石井は言った。「今日きりってことじゃなくて、もう少し粘ってみてもいいか」

「お願いします。班長にぜひ」

「言っておく。どれ、おれは、ＯＢを当たってみるかな」

卒業生名簿をぱらぱらとめくり出した石井を前に、寺町は今度こそという思いがふくらんだ。

六時ちょうど。中目黒駅の改札で張り込んでいると、白いフリルシャツに黒いスーツを着た女がやってきた。寺町はその前に進み出た。

「あっ」

宮島は足をとめて、ちょっと困った感じで寺町と向きあった。

ぐずぐずしていられなかった。生徒やほかの教師の目がある。

宮島の腕をとり、寺町は学校と反対方向の渋谷方面へいざなった。目星をつけておいた地下一階にある喫茶店に連れ込む。空いている奥の席、入り口に背を向かせてすわらせた。とまどっている宮島の前で、ホットをふたつ注文し、

「先生、すみません。おうかがいしたいことができました。少しおつきあいください」と寺町は切り出した。

「あの……写真のことでしたら、わたし」

「学校からなにか言われました?」

「少し」

「ここで会ったことは絶対に知らせませんから。西尾結花さんのことについてです」

名前を出したが、相手が訊いてこないところを見ると、やはり、西尾結花はそれ相応の問題児なのだろう。

「彼女は携帯を持っていますか?」

「たしか、持っていた、持ってますね」

「アリスって聞いたことないですか?　学校関連のサイトでよく出てくるみたいですけ

ど」

　宮島は押し黙った。こちらも知っていると見た。

「西尾結花さんて、学校のボス的存在ですよね？」

「ああ、まあ、そうですけど」

「大草朋香さんが不登校になったのは彼女のせい？」

「……だと思います」

「市川美羽さんは？」

「えっ、彼女」

　言葉をのみこんだのは、やはり連れ去り事件のことがあるのだろう。

　この際と思い、美羽がいなくなったときのことを訊いてみた。

「警察への通報はけっこう遅くて、八時頃だったかしら。わたしたちにも召集がかかって、すぐ学校に出向きましたけど。駅や学校のまわりを捜していたら、しばらくして見つかったという報告があって」

　連れ去った男の写真が印刷された紙を見せると、「それは後日、警察に見せられました」と宮島は答えた。

　市川美羽の事件と西尾結花は関係ないのかもしれない。

「西尾結花さんて、どんな子なんですか？」

「頭が良くて運動もできるし」

「なにをやらせてもトップ？　だから、イジメも学校側はほうっておくんですか？」

「おかあさんのこともあるし」

「えっ、いま、おかあさんて仰いました？」

「あ、はい」

「おかあさんって、西尾結花の母親のこと？」

　宮島はうなずいた。

「ＰＴＡの役員かなにかですか？」

「そうじゃなくて、かなりうるさい方で……あの、小柴里子（こしばさとこ）先生のことは？」

「西尾さんの担任の女性教師ですよね？　病気で長期休職とおうかがいしましたけど」

「伸江（のぶえ）さんのせいよ」

　宮島が吐き捨てるように言った。なにごとかと思い、ただちに聞き返す。

「結花さんの母親です。小柴先生、西尾伸江から責められて、ひどい目に遭っちゃった」

　投げやりな言葉遣（づか）いに、寺町は面食らった。

　宮島は続ける。「西尾伸江ってひどいんです。自分の都合で子供を平気で休ませちゃうし。うちの子は朝が弱いから、体育の時間を午後にしろって言ってきたり。五月の遠足もそう」

「遠足がどうしました？」

「葛西の臨海公園に決まっていたんですよ。でも、仲江さん、『うちの子は何度も行ったことがあるから、ほかの場所にしろ』って。教頭先生に直談判したんですよ」

「それで学校側は？」

「丁重に断って、そのときは事なきを得ましたけど」

「ひどいですね」

「一事が万事です。九月の参観で、仲江さんは娘をビデオで撮ったんですよ。ふつう、うしろから撮るじゃないですか。でも、教壇近くから堂々と撮ったらしいんですね。小柴先生が注意したら逆ギレされて、授業がめちゃくちゃになって……」

「もしかして、小柴先生は、精神的にダメージを受けて休職？」

「そうです。さんざん難癖つけられて。でも、校長や教頭もかばってやらなかったし。わたしが担任だったらと思うとぞっとします」

俗に言うモンスターペアレントということか？

「ひとつ、おうかがいしてもいいですか。そういう親を持つと子供も影響されませんか？」

「その傾向はありますね。親が親なら、子も子ですよ。学校なんてなめられちゃって。彼女の場合、発育もいいし、頭もいいですからね。よけい」

それで西尾結花は威勢がいいのか……。母親の威を借りて、いじめの先鋒に立っているということもあるかもしれない。

「大草朋香さんのお母さんからお聞きしましたけど、大草さん以外にも、いじめのターゲットになっている子がいるとか？」

「それって、さっきの子ですよ」

「市川美羽さん？」

「ふたりとも、おとなしいから、彼女みたいな子の餌食になっちゃうんですよ」

「なるほど。西尾結花さんも図に乗って、先生方から、ちやほやされているわけですね？」

「というと？」

「言葉足らずでした。先生方も母親のことがあるから、結花さんのことを持ち上げるんじゃないかなと思って。本間先生とか」

「本間先生？　ああ、持ち上げるというか、彼女は先生のお気に入りですから」

「本間先生のお気に入り？」

「学内では、みな知ってますけど」

「本間先生は担任ではないですよね？」

「春ぐらいからかな。なにかにつけて、彼女を呼び出して、用事を言いつけるんですよ」

「それに彼女は従っているわけですか？」

「喜んでね」

「母親の仲江さんはそのことを知っているんでしょ？」

「知っていると思いますよ」

「でも、なにも言わない？」

「仲江さんが本間先生にクレームをつけたのは聞いたことないですね」

「どうして彼女は本間先生と仲がいいんですか？」

「仲がいいというか、ようするにお気に入りですから。けっこう、そういう子っているんですよ。先生に良く思われたくて」

隠し立てしているようには見えない。

「図工室にもよく行くんでしょうか？」

「さあ、どうかしら。でも、管理者が本間先生だから」

「えっ、管理者っていうと……？」

「文字通りの管理責任者ですけど。鍵を持っていて」

「いつ頃からですか？」

「ずっと、そうですよ。それがなにか？」

「いえ、特に……市川美羽さんから一度、話を聞いてみたいんですが」

「さんざん警察が訊いたようですよ。中目黒駅の近くで男の人に声をかけられて、車に連れ込まれたらしいですけど」

「むりやり？」

「くわしいことは知りませんけど」

割り勘でコーヒー代を払うと、宮島は店を出て行った。

入れ替わりに、石井がやってきた。

「甘いものでも、もらおうか」

「いいですよ、モンブランは？」

「それいこう。お代はマチ子持ちで」

「おやすい御用です」

寺町は宮島から聞いたことを話した。

「モンスターペアレントか。ちょっと手ごわいな」

「はい」

「本間のお気に入りっていうのはなんなんだ？」

「よくあるそうです。わたしの同級生にも、そんな子がいたし。宮島先生が言っていただけですから。石井さんはなにか？」

「ふたりほど会ってきた。今年、南陽学園を卒業して、高校に入った女の子ら」

「ふたりも会えたんですか？」

「種明かしすると、たまたま同じ高校へ行っていたというだけ」

「で、なにかありました？」

「空撃ちだったな」

運ばれてきたケーキに石井はフォークを突き立てた。

「例の図工室ですけど」

「裸の写真を撮ったっていう部屋？」

「はい。鍵を持っている管理者が本間先生でした」

石井は寺町の目をじっとのぞきこんだ。

「ほんとか？」

寺町はうなずく。

「ふたりはグルになって、ひ弱そうな子を連れこんで撮した、ってことか？」

「その可能性は否定できません」

石井はフォークをおいて寺町の顔を見据えた。「一度、西尾伸江という母親と会って話を聞かないとな。どうだ。マチ子、できるか？」

「やるしかないです」

「じゃ、まかせた。さて、小西を呼ぶか。今日のところはもういいだろ？」

「あ、はい。お願いします」

寺町の頭の中は、西尾伸江のイメージでいっぱいになっていた。

翌日。

渋谷駅から東急東横線の横浜行きに乗った。自由が丘で大井町線に乗り換え、旗の台駅に降り立った。住宅街を十五分ほど歩いて、目指す家に到着したのは午前十時ちかかった。

立て込んだ一角にある新築間もない家だ。門はなく、直接ドアホンを押した。

女の声で返事があり、所属を伝えると、ドアが内側からゆっくりと開いた。

浅黄色のエプロンを掛けた四十過ぎくらいの女が、顔をのぞかせた。髪を後ろで束ねた品のよさそうな女だ。

「西尾伸江さんでいらっしゃいますか？」

「わたしですが」

警官の突然の訪問に、とまどいを隠せないようだ。

「とつぜん、お邪魔してもうしわけありません」

頭を下げたものの、伸江は動くこともなく、その場で固まっていた。

「南陽学園で事件がありまして、それに関係して、ご父兄の方々を回っています」

寺町は女児の裸体写真を見せて、南陽学園の校舎内のどこかで撮影されたものらしいと伝えた。

「それとわたしがどう関係しているというの？」

ふいに戦闘モードに入ったように、伸江は語尾を上げた。

用心はしていた。怒らせてはならない相手だと。しかし、遅かった。

「あっ、いいえ、参考ということでお邪魔させていただいただけですので」

伸江の目が吊り上がった。「疑ってるの？」

「は？」

「担任があんな風になったのが、わたしのせいだと思ってるんじゃないの？　言っておきますけど、被害を受けたのはうちの子供のほうですからね」

「いえ、そのことは直接関係はなくて」

「嘘ばっかり。裸の子の写真なんかこれみよがしに見せて、あなた、なにするつもり？　場合によったら出るところに出ますからね」

「そ、そんなつもりではないので……」

「学校で訊きなさいよ。うちに来るなんて、いったいどういうつもりなの」

伸江は声を荒らげると、ドアを閉めた。

寺町は、呆然と玄関前で立ちつくした。

「でな、例の本間先生。どうもこれだな」

石井は眉に唾をつける仕草をした。

ここは昨日も使った中目黒駅前の喫茶店だ。

「え、なんです？」

「スカートめくりくらいなら可愛いが、どうもそんなもんじゃない」

「本間先生が？」

保安担当ではないか。

「おれが会った子の同級生は、小学生だったころ、よく抱きつかれたりしたらしい。デリケートなところを触ってくるんだそうだ」

「ワイセツ教師？」

「のようだな。ずいぶん、嫌われていたようだが」

「いまでもそうでしょうか？」

「どうかな。でも、そっち方面の癖は、一朝一夕には治らないのが普通だが」

「石井さん、裸の写真はどうでしょう？　やはり本間が撮ったんでしょうか？」

西尾結花が女の子を図工室に連れ込んで、本間が撮影する……。そういうことだろうか。子供たちや先生の目があるから、そう簡単に事は運ばないと思うのだが。

「西尾結花の母親はなにか言ってるか？」

「いえ、訊けなくて」

「相手にしてくれないか？」

「はい」寺町は続ける。「どちらにしても、本間先生は西尾結花には受けがいいみたいだし。どうなっているんでしょうか」

「もしかしたら、怖い母親のせいかな」

西尾結花の母親の伸江が、一連の事件に関わっているとしたらどうだろう。

伸江が本間とグルになって、子供たちの裸の写真を撮っているとしたら……。その場合、本間と伸江の関係はなに？　ひょっとして、特別な間柄にあるのか。または、伸江が我が子の将来を思って、教師を味方につけておこうとしたのか？

「どうでしょう？　本間先生の行動確認をしてみては？」

「学校内でか？」

「むりなら、自宅でも。勤務時間外でも、なにかあるかもしれませんから」

「それしかないかもしれんな。班長に進言してみる。そのかわり、マチ子、市川美羽の件ははっきりさせておけよ」

「はい。ホシを見た唯一の目撃者ですから。これから、会って直接、話してみます」

「できるか？」

「やるしかないです」

5

日曜日。

結城はミニバンの後部座席から、その家を見ていた。上用賀にある本間信夫の自宅は、一階が車庫になったモダンな二階建て住宅だった。午前十時。張り込みをはじめて二日目。

「今日は自宅におこもりかな」運転席にいる小西がつぶやいた。「エロ教師、爪を研ぐ研ぐ、日曜日」

今年三十六歳になる本間信夫は妻とひとり息子、それに妻方の母と四人暮らし。私大の教育学部を出て、南陽学園に入った。教師歴十二年の中堅だ。

「わからんぞ」

結城が言った。

「この時間から学校は行かないでしょ」

「どうして?」

「学校に行ったところで、獲物はいないし」

「まだ、本間が写真を撮ったホシと決まった訳じゃない」

「でも、最重要参考人にはちがいないですよね。な、マチ子」

「たぶん」

「あれ？　やけに弱気そうじゃない。一昨日(おととい)までの勢いはどうした？」

「証拠がありませんから」

「それをつかんでくるのが、うちの役目だぜ。もっとも、火のないところに煙は立たんがね」

「小西さんは本間以外に犯人がいると思っているんですか？」

「あいつがエロだっていう噂(うわさ)は学校中で知れ渡っているんだぜ。そんな奴が、そう簡単に自分の学校の子供らに手を出すかな？」

「げんに被害を受けた子はいるんですから」

「何年も前だろ。いまはもっと賢いやり方をしているんじゃないか？」

「……わかりません」

「おい、出るぞ」

　本間信夫の家の車庫からセダンが通りに出た。

「信夫だったか？」

「たぶん」

一階の車庫は三方を壁で囲まれ、直接二階から降りてくる構造になっている。車に乗り込むところがうまく見られないのだ。

「行きます」

小西はミニバンを発進させた。

セダンは環状八号線に出て、北上した。

学校へ行く方向とは逆だ。走りっぷりからして、目的地は決まっているように見える。今日一日、徒労に終わったときのことを結城は考えた。明日以降もこのヤマを続けるかどうか。正直微妙なところだ。女児の裸体写真の出所をたしかめるのも大事だが、事件はほかにもある。それに、と結城は浪人している娘の絵里のことを思った。去年の夏あたりまでは、パティシエの専門学校に進学すると言っていたが、秋ぐらいから文系の私大に入りたいと言い出した。最近は事件にかかりきりで、絵里とはろくに話す機会がなかった。一度、膝を詰めて話し合いをしなければ。

「このヤマ、イッさんはどう思う?」

結城は訊いた。

「学校側の協力次第ですね」

「学校は本間の行状を知っていて、予防線を張っている可能性は?」

「それは感じないですね。むしろ、例の親のほうに神経を使っているように見えますが」

「西尾伸江？」小西が言った。「たかがモンスターペアレントに？」

「そういうのに弱いんだよ、私立というのは」

「そうです。伸江ってただ者じゃないです」

寺町が付け加える。

「あれ、びびってる？」

「びびってなんかいません」

「じゃあ、神隠し事件の子はどうだったの？」

「だめでした」

「会って話したんじゃない？」

「話しましたが、なにも答えてくれません。親にも会いましたがだめでした」

「例の〝カラーボックスの部屋〟っていうのが気になる」結城が言った。「どうだ、マチ子、本当に図工室でまちがいないか？」

「……だめです。確信がもてません」

小西は大きく息を吐き、「あれもだめ、これもだめなり、ホトトギス」

本間のセダンは八幡山（はちまんやま）を通り過ぎ、井（い）の頭（かしら）線を過ぎて、五日市（いつかいち）街道を西にとった。しばらく走ったところで、路地に入った。住宅街の真ん中にある駐車場に車を停（と）めると、本間はデイパックをさげて、車から出てきた。

「小西、行け」

「了解」

小西が徒歩で尾行をはじめる。

石井が運転席についた。

五分ほど経って、小西から無線で連絡が入った。

〈こちら小西、マル対（対象者）は一軒家に入りました。住所は杉並(すぎなみ)区西荻南(にしおぎみなみ)三丁目……〉

小西が言った住所を助手席の寺町がカーナビに入力する。

いまいる場所から、四百メートルほど北よりだ。西荻窪(にしおぎくぼ)駅にちかい。

〈あれ〉

〈どうした？〉

結城が尋ねる。

〈駅のほうから男たちがぞろぞろ来るんですよ。そいつらが家の中に三々五々、入っていく〉

〈なにかの店か？〉

〈いえ、三階建ての普通の民家です〉

〈待機しろ。すぐ行く〉

石井がミニバンを発進させた。その家はすぐ見つかった。車がすれちがえない狭い路地の先に三階建ての民家がある。そこに向かって、駅方向から男たちが歩いてくるのが見えた。近くのマンションの駐車場に頭から突っ込み、様子を見る。百メートルほど先にその家がある。石井が素早く望遠レンズの付いたカメラを向ける。

〈小西、どこにいる?〉

結城は無線機のマイクに言い放った。

〈家の東側の角っこ〉

〈家の中の様子はわかるか?〉

〈うーん、カーテンが引かれてわからないけど、うん、子供もいるか……〉

〈ずいぶん、人が入っていくじゃないか〉

〈ええ、ざっと見ただけで二十人はくだらないですね〉

〈年齢層は?〉

〈まあ、若いのから年寄りまで幅広いようですね〉

〈宗教がらみか?〉

〈かも……でかいカメラ持ってるな〉

〈カメラがどうした?〉

〈いま入った男、望遠レンズのついた一眼レフをかかえてました。ほかにも、いますよ。

あれビデオだな〉

〈なにかの撮影会か？〉

〈さあ〉

のんびり構(かま)えている暇はない。これだけ大っぴらにやっているのだから、秘密の集会でもないはずだ。

〈だれでもいいから、ちょっと捕まえて訊いてみろ〉

〈了解〉

「しかし、なんだろうな、撮影会って」

ファインダーをのぞきこみながら、石井が言った。

「班長、わたしも行ってみましょうか？」

寺町が言った。

「いや、行くな」

寺町は不服そうな顔で結城をにらんだ。

イヤホンに小西の声が入感した。

〈わかりましたよ、ジュニアアイドルの撮影会です〉

〈なんだ、それ？〉

〈いま、そっちに行きます〉

　無線が切れてすぐ、小西がミニバンに乗り込んできた。

「これです」

　小学生と思われる女の子が三人写っている。真ん中の子は、白い体操着にブルマー。右は黒いスクール水着姿。左側は細いパンティにキャミソール。こちらはへそが見えている。三人とも細身のスタイルで器量もいい。三人の名前がピンク色で印刷され、主催はシスター倶楽部（クラブ）となっていた。

「本間って、モノホンのロリコンですね。図工室に女の子を引っ張り込んだのは確定だな」

　小西が言う。

「この子らがあの家ん中でか……」

　石井は少し呆（あき）れた感じで言った。

「写真でもビデオでも好き放題でしょうね」

「親は同伴か？　よく許すな」

「どうでしょうね」

　寺町がスマートフォンで調べて、主催者のホームページを表示させた。

「たしかに、きょうです」

「書かれていません。会員になればわかるはずですが」

さらに調べると、ジュニアアイドルの撮影会情報がずらずら現れた。

「小西、ちょっと中に入って、見てこいや」

石井がからかうように言った。

「ええ？　いいんですか？」

とまんざらでもない感じで小西は結城の顔を見やった。

「冗談を真に受けるなよ、まったく」

「でも、けっこうオープンみたいだし、玄関先をのぞきましたけど、ちゃんと受付なんかもありましたよ」

「行く必要はありません」寺町が小西をにらみつけた。「中でやっていることは、ここにいても想像できます」

年端もいかない子どもたちに、いい歳をした大人の男たちが、はい、こっち向いてとか、足を広げてとか好き放題言って、撮影しているのだろう。

「どうしますか？」石井が言った。「先生をお待ちしていても、せんないようですし」

「そうだな」

「もう少し粘ってみたいと思います」

と寺町。

「待ったって、なにも出てこんぞ」

威嚇するように石井が言ったものの、寺町はスライドドアを開け、「昼ご飯を買ってきます」と言い置いてドアを閉めた。

「えっと、おれはチョコラテと卵サンド」

小西の言ったのを無視するように、さっさと寺町は車から離れていった。


午後一時。

ひとり、ふたりと男たちが家から出てきた。撮影会がお開きになったようだ。ほとんどが、駅方向へ歩いていく。石井がその様子をカメラにおさめる。ブレザー姿の本間が玄関先に見えた。デイパックを肩にかけて、ミニバンの停まっているほうへ歩いてくる。

「出せ」結城は言った。「本間とすれちがえ」

「了解」

小西がミニバンをバックさせてから、路地を走り出した。

「とくと、お顔拝見」

「徐行しろ」

ゆっくりと本間が近づいてくる。玄関から若い男が走り出てきて、本間のあとを追いかけるようにして横に並んだ。灰色のパーカーに茶色のコットンパンツ。肩に一眼レフのデジカメをかけている。長い髪を真ん中で分け、ふっくらした顔立ちに、どことなく幼(おさな)さが残っている。しきりと本間に話しかけるが、本間は視線を合わせようともせず、どことなく迷惑そうな感じだ。石井が何枚か、ふたりの写真を撮った。ゆっくりと、ふたりが近づいてくる。

「あっ」

助手席にいる寺町が声を発した。

ふたりはまたたく間にミニバンとすれちがった。

「見ましたよね」

寺町が去っていく男たちの後ろ姿を目で追いかけている。

「本間？」

小西が訊いた。

寺町は首を横にふり、

「似てましたよね」

と助けを求めるような顔で、結城をふりかえった。

寺町はバッグからその紙をとり出して、結城の前にかかげた。

中目黒駅で市川美羽を連れ去った男の写真だ。

結城は写真を手にとり、のぞきこんだ。

長い髪にふっくらした頬（ほお）。言われてみれば……似ていないこともない。

深刻そうな顔で石井が結城を見やった。

「停まれ」

結城は小西に命令した。

全員の視線が、後方のふたりに集中する。

もう男は話しかけるのをあきらめたようだ。ふたりの距離が少しずつ離れていく。挨拶もしないで、男は角を曲がっていった。

「マチ子」

寺町はすでにタウンバッグを肩にかけ、万全の態勢でミニバンのドアノブに手をかけている。

「イッさんも、いっしょに」

「了解」

親子ほどの歳の差のあるふたりがミニバンから降りて、男の尾行をはじめるのを見届けてから、結城は本間の車が停まっている駐車場に向かうように指示した。

6

男は西武(せいぶ)池袋線の江古田(えこだ)駅で降りて改札を抜けると、北口へ出た。混み合った商店街の線路沿いを歩いていく。石井より先に寺町は男についた。日曜の昼下がりで、商店街はかなり人が出ていた。学生のグループが目につく。江古田駅のまわりは大学だらけだ。男も学生だろうか。歳が少しいっているような気がするが。

道なりに進み、男はゆうゆうロード商店街に入っていった。街路灯ごとに江古田3大学学園祭の幟(のぼり)が立ててある。それには見向きもせずに、男はしっかりした足取りで商店街を歩いていく。風俗店は目につかない。学生の街だからだろうか。石井が三十メートルほど遅れて、ついてきている。

Y字の分岐(ぶんき)を左にとる。住宅街になった。工務店の角を男は左に曲がった。寺町は工務店まで急ぎ、角をのぞきこんだ。男の姿は見えなくなっていた。石井が追い越しながら、正面にあるアパートを指さした。

モルタル造りの古い二階建てのアパートだ。

男と同じ方向へ行けと石井に指さされて、寺町は角を曲がった。コンクリートブロックの途切れた右手にごみ置き場があった。そこからアパートの裏手に入ることができるようだ。中に入ってみると、アパートの裏手にある階段を上っていく男の姿がかいま見えた。アパートの中ほどにある部屋に入ったのを見届けると、寺町は工務店のある角にもどった。

待機していた石井に報告すると、石井はあらためてアパートの裏手に入っていった。しばらくして、石井が戻ってきた。

「二〇三号室。皆川留男（みながわとめお）だ」

「学生？」

「いや、もっと歳がいってる」

「ひとり暮らし？」

「たぶん。おれは交番に行く。マチ子はここで張り込め」

短く言うと石井は去っていった。

寺町はアパートの前を歩いた。二階は茶色い鉄骨のベランダが付いている。しっかりしたモルタル造りに平たい屋根がのっているが、さすがに経年の劣化が目立つ。道に面して上下に八室あり、どの部屋にもカーテンや洗濯物が吊（つる）されていて空き室はないようだ。ほんの五十メートル先に線路。住人は学生がほとんどではないか。男が入った部屋にカーテンはなかった。少し先まで歩いて、狭い路地に入ったところから、アパートを見張った。

しばらくして、携帯がふるえた。石井からだ。

「皆川留男二十九歳。ひとり住まいだ。本籍は埼玉県の桶川市。印刷会社の営業マンらしい」

「照会はかけましたか？」

「もちろん。総合照会をかけた。児童買春で逮捕歴、有るぞ」

「児童買春……」

「一昨年の春、高田馬場のラブホテルで、当時十二歳の中学生女児と事に及んだらしいな」

「叩けばほこりが出そうですね」

「出るぞ」

「本間も？」

「たぶん」

「了解しました。わたし、張り込み用の拠点を探します」

「そうしてくれ。おれは班長に報告する。じっくりと追いかけようや、な、マチ子」

「はい」

寺町は眉根を寄せて、大きくうなずいた。

五日後。

寺町は緊張した面持ちで、結城がレザーバッグから茶封筒をとり出すのを見守った。結城は中に入っている紙を見せた。皆川留男の逮捕状だ。被疑事実は誘拐。

「行けますね」

運転席の小西が言った。

「すぐ行くぞ。どうだ、マチ子、様子は？」

「三十分前に帰宅してから、外に出ていません」

「よし。小西は一階の窓側で待機、のこりはおれと来い」

あわただしくミニバンを降りていく三人を追いかけて、寺町も外に出た。うしろについていたセダンからも、生特隊の捜査員が降りてくる。

この五日間、寺町は何度もここと中目黒を往復した。

秘匿撮影した皆川留男の写真を市川美羽に見せたところ、美羽はとうとう犯人であることを認めた。美羽は中目黒駅で男に声をかけられ、車に乗せられて渋谷に連れていかれた。入り口に羽のマークが付いているラブホテルに連れ込まれ、そこで裸にされて写真を撮られたという。性的暴行は受けていなかったのが不幸中の幸いだった。皆川からしつこく口止めされて、暗示にかかったようにそれまで黙っていたのだ。

道玄坂のラブホテル街の西外れにあるラブホテルのキャンドルが特定された。防犯カメラの映像に、市川美羽らしき女児とともに部屋に入った皆川の姿が残っていた。中目黒駅周辺でも、まる二日間、石井とともに写真を見せて歩いた。その結果、皆川が女児を連れて歩いているのを目撃した人物がふたり見つかった。そして、今日の逮捕状請求となったのだ。

皆川のアパートの階段に足をかける。いよいよだと寺町は思った。

誘拐犯を逮捕するのだ。生特隊の捜査員が三名つづく。

ふと教師の本間の顔がよぎった。皆川と本間はどの程度の仲なのか。市川美羽の連れ去りに、本間は関わっていたのか否か。市川美羽の口から本間の名前は出てこなかった。生特隊の中で、その真偽が議論されたものの、それは皆川を取り調べる中で明らかにすればよいと判断されたのだ。もしかしたら、美羽はまだ、本当のことを話していないのかもしれない。自分の学校の教師をかばうために……。

どちらにしても、児童の裸体写真は皆川が撮ったのだと寺町は信じたかった。家宅捜索の中で、写真も見つかるはずだ。あと少しで、すべての疑問は明らかにされる……。

結城が二〇三号室のドアをノックする。男の声で返事があり、ドアが細めに開いた。ふっくらしたヒゲの薄い皆川が顔をのぞかせた。

「皆川さんだね」

結城は一歩、玄関に入ったところで口を開いた。

「なにか？」

そう言った皆川の顔に、結城が逮捕状を突きつける。誘拐の疑いで逮捕する、と伝えると、皆川の白い顔が青ざめた。石井が土足のまま皆川のうしろに回った。両手に手錠が落としこまれるのを見て、皆川はがっくりと肩を落とした。結城に目配(めくば)せされて、寺町は家宅捜索令状を見せた。

「部屋を捜索します」

生特隊の捜査員が皆川を左右からはさんで、動きを封じた。アパートの大家が見守る中、家宅捜索がはじまった。午後八時ちょうどだ。

フローリングの床の右側に、チェック柄のふとんがかかったベッドがあり、窓側には液晶テレビ。プラスチックの衣装ケースが三段重なっていた。ベッドの反対側にある小机にはノートパソコンが載っている。

押し入れの襖(ふすま)を引くと、中に本やＤＶＤなどが重なって積まれた本棚が鎮座していた。壁にはジュニアアイドルのポスターが所狭しと張られている。ここが、皆川の質(たち)を雄弁に物語る空間だ。客の目に触れないように、押し入れ部分に隠しているのだろう。

捜査員が中に入って手際よく調べはじめた。寺町は申し合わせのとおり、パソコンの前にすわり、電源を入れた。フォルダーを開けると、裸の女児の写真が画面いっぱいにあふれ出た。それを閉じて別のフォルダーをダブルクリックしてみる。同じように裸の女児の写真がずらりと並んだ。動画も多かった。

い。

ｊｐｇの拡張子の付いたファイルを検索した。写真データだ。日付のふられたデータが連続して表示される。きりがなかった。すべてを見るのには、数日はかかるにちがいない。

メールソフトを見てみた。児童ポルノがらみのホームページから送られてきた受信メールがえんえんと続く。送信済みのフォルダーを開けてみる。こちらも同じだった。個人宛に送ったメールがいくつかある。〝また逢おうね〟という表題のメールが目についた。いくつかメールを開けてみる。そのうちの一通に気になる受信者名〝Alice〟を見つけた。開けて、文面に目を通した。

〈おにいさんのこと気に入ってもらえたみたいで、とってもうれしい。あそこのゲーセンておもしろかった？　また行こうね……アリスちゃん　ミックより〉

アリスって？

同じメールアドレスから届いた受信メールを見てみる。読みながら、寺町は頭が混乱してきた。アリス……ひょっとして、西尾結花のことか？　もしそうだとしたら、西尾結花……いったい、あなたは何者なのか。

7

「いやぁ、本当によかった。本当に警察の方々にはお礼の言葉もありませんよ」

教頭の中谷和広が満面の笑みを浮かべて言った。

「犯人の皆川が児童買春の前科があると聞いたときは、もう生きた心地がしませんでしたよ。ねえ、本間先生」

教頭からふられて、本間は何度もうなずき、「仰るとおりですね」としれっと答えた。

「学校の方のご協力の賜物（たまもの）ですよ」

結城が心にもないことを言うのを寺町はだまって見つめた。

「それで、結城さん」教頭があらたまった口調で訊いた。「問題の写真ですけど、やっぱり皆川のパソコンの中にあったわけですか？」

「ありました。見つけるまで、まる二日かかりましたけどね」

「本人が撮ったことを認めているんですね？」

「認めています」

「なるほど……気になるんですけど、その写真はネットで出回ってしまっているんですよね？」

「うちでわかった範囲はプロバイダーに協力してもらって、この写真が載っているサイトから削除してもらいました。顔が出てしまっている写真は、いまのところ見つかっていません」

「よかった。来週、ＰＴＡ総会がありましてね、そこで父兄に報告しないといけないので、本当に助かりましたよ」

「そうですか」

「また、なにかありました節は、なにとぞよろしくお願い致します」

「それはケースバイケースということになります」

「また、また……わたくしどもは警察しか頼りにできるところはございませんので」

教頭は話が済んだと思ったらしく、「今日はわざわざお運びいただきましてありがとうございました」とお辞儀(じぎ)をして、ソファから腰を浮かせた。

結城と寺町が動かないのを見て、おやと思ったらしく、

「あの、まだなにか?」

と訊いてきた。

「ご報告はこれからです」

結城が言ったので、教頭は本間と顔を見合わせて、再び腰を下ろした。

結城が目で合図してきたので、寺町は一枚の写真を机に置いた。顔のぼかしが入ってい

ない女児の裸体写真だ。

「大草朋香さんの写真です。以前お見せしたときは、顔にぼかしが入っていましたが覚えていらっしゃいますよね？」

寺町が言った。

「あ、はい」

じっと写真を見つめて教頭が答えた。

「これが撮影された場所がわかりました。ちなみに、先生」寺町は本間の顔を見た。「どこだと思われます？」

いきなりふられて、本間はえっ、と小さく洩らした。

「こちらの校舎の一階にある図工室です」

「えっ、図工室？」

教頭があらためて寺町が指している写真に見入った。

「ちなみに、図工室の管理責任者はどなたです？」

「それは、この……」教頭は横にいる本間を見やった。

「そうですね、本間先生です」寺町は言った。「鍵は職員室に一本、それから本間先生が常時、一本、持っていらっしゃいます。いまもお持ちですよね？」

寺町が言うと、本間はポケットにある鍵の束(たば)を机においた。小さく図工室と書かれたラベルが付いている鍵があり、それを寺町は指さした。

「必要に応じて、図工室の鍵を開けて、中に児童を連れ込んだ。そこで、これらの写真は撮影されました」

教頭がぽかんとした顔で説明に聞き入っている。

「本間先生。大草朋香さんを連れ込んだのは、六年二組の西尾結花さんですね？」

「えっ……」

「あのすみません、どちらからそれを？」

教頭が口をはさんでくる。

「前もって、図工室の鍵は、本間先生、あなたが開けておいた」

「わ、わたしが、そんなこと……するわけないじゃないですか」

意外な展開に教頭が目を白黒させている。

「結花さん本人から聞きました。それとも、連れ込んだのは本間先生、あなたですか？」

下校途中の西尾結花を捕まえて、中目黒署で事情聴取を済ませた。二時間前だ。

「西尾結花は大草さんを連れ込んで写真を撮ったことを認めています」

続けて撮影日時を口にすると、教頭は本間の顔をにらみつけた。

「本間先生」教頭は言った。「あなた、皆川を図工室に入れたのか？」

「めっそうもない」

と本間はしきりに首を横にふる。

「じゃ、まさかこの写真……あなたが撮ったのか？」

「撮りません、撮りません」

教頭は助けを求めるように結城の顔を見た。

「ですから、いま申し上げたように、鍵を持っている方が部屋の鍵を開け、そこに西尾結花が児童を連れ込み、携帯で撮影したわけですよ」

「本間先生、あんたが鍵を開けたのか？」

本間はうなだれたまま、答えなかった。

「し、しかし、西尾結花がいじめっ子だってことは聞いてるよ。でも、教師が片棒かついだら洒落（しゃれ）にならんじゃないか、ええ？」

「す……すみません」

「なんと申し上げてよいやら」早くも教頭は頭を切り換えたようだ。「こちらの不手際でした。まったく面目（めんぼく）ない。おい、本間君、君からも謝りなさい」

「もうしわけないです……」

消え入るような声だ。

「わたしに謝ってもらっても、意味がないじゃないですか？」

やんわりと結城が言った。

「あっ、もちろんです。大草さん宅には直接おうかがいしまして、謝罪させていただきます。……あの、このことはマスコミには？」

「出していませんよ。これからも出さないでしょう」

「よかった。わたくしどもで、しっかりと措置をとらせていただきます。なにせ、うちは私立ですし、四十年来の歴史がありますでしょ？　このようなことが表に出ますと、生徒やご父兄に多大な迷惑がかかりますので、なにとぞ、穏便にとり計らってくださいますようお願いいたします」

「うちとしても、そうしたいのは山々ですが、二、三、本間先生におうかがいしたいことがあります」

まだ、なにかという顔でふたりは結城を見返した。

結城にうながされて、寺町はふたたび口を開いた。

「本間先生、皆川とはどういうご関係ですか？」

「み、皆川ですか……さて初耳でしたけど」

寺町は黙って、一枚の写真をバッグからとり出し、机の上においた。西荻窪で本間と皆川が肩を並べて歩く姿が写っている。

本間はなにも語らず、写真を食い入るように見つめている。

「先週の日曜日。ジュニアアイドルの撮影会でいっしょでしたね？」

　本間は答えない。

　教頭が写真をとりあげ、メガネをはずして顔すれすれに近づけて見入った。

「『萌えッ子』というサイトはご存じですね？　いまはなくなりましたが、児童ポルノ写真を掲載していたサイトです。本間先生、こちらのサイトにアクセスしましたよね？」

「さ、さあ……」

「一昨年の二月、このサイトで知り合った人が秋葉原でオフ会を開きました。それに参加しましたね？」

　本間は貝のように口を閉ざした。

「ここで皆川と知り合いになったんですよね」

　おずおずと教頭があいだに入ってくる。「あの……それは皆川がしゃべったんでしょうか？」

「素直に話してくれていますよ。本間先生との関係は」

　それを聞いて本間は首を折るようにうなだれた。

「中目黒駅で市川美羽を連れ去り、渋谷のラブホテルに連れ込んで裸にして写真を撮ったことも認めています。問題はこのときのことです。本間先生、この事実をご存じでしたね？」

　本間は深い穴に落としこまれたみたいに、首をすくませた。

誘拐犯隠避の罪になることを充分、知っている顔だ。いや、場合によっては誘拐の共犯者として罰せられることを。

「そういうことです」結城が席を立ちながら言った。「本間先生。署までご同行願えますか？」

「わ、わたし、そんな……」

「令状をとる用意もできている。どうなさいます？」

「……あの、結花、西尾結花は皆川のことも？」

「ふだんから携帯でメールのやりとりをしていたようですね。すべてをありのままに話してくれていますよ。ご安心ください」

よけい、不安が増したという感じで、本間はふらつきながら席を離れた。外で待機していた石井と小西が本間の身体をささえるように連れ出した。

そのとき、入れ替わるように、長い髪をふりみだした女が入ってきた。

「教頭先生」西尾仲江が顔を赤らめながら言った。「いったい、なんなんですか？　結花がどうして警察なんかに連れていかれるんですか？」

教頭はおずおずと引き下がり、結城と寺町を見やった。

仲江は寺町の顔を見るなり、目の前にやってきた。

「あなた、なんですか、警察って人の子を勝手に連れていくんですか？」

「場合によれば、そういうこともあります」

「なんなの？　その態度、ただじゃ済まないわよ。説明しなさい」

結城があいだに入った。「お子さんのことはご存じですね？」

伸江は結城をにらみつけた。

「知ってるもなにも……あなたは？」

結城は身分と名前を告げ、「皆川のことは聞きましたね？」と言った。

「聞きましたよ。うちの結花をたぶらかして、他人(ひと)の子の裸を撮らせたり」

「携帯でメールのやりとりをしていたことも？」

「ええ、ええ、聞かされましたよ。結花はハレンチな男に引っかかった。だまされたんですよ」

「ちょっと、ちがうかもしれません」

「なにがどう？」

「結花さんは皆川という男の機嫌をとりたかったとは思われませんか？」

「あなた、そのために、ほかの女の子を差し出したって言いたいの？」

「そのとおりです」

「うちの結花だって被害者なんですよ。その皆川とかいうろくでなしの。わかってるの、あなた方っ」

「どうでしょうか」

やんわりと言った寺町の顔を伸江はにらみつけた。

「とにかく、早く結花を家に帰しなさい。弁護士に話をつけてもらいます」

「大草朋香の裸体写真製造と市川美羽の誘拐に関して、誤解があるかもしれません」寺町は言った。「両件の発端は皆川留男ではありません」

伸江は首をかしげ、寺町を見つめた。意味がつかめないようだ。

寺町はバッグから、紙をとり出して伸江に見せた。

出会い系サイトでのメールのやりとりが印刷されている紙だ。

〈アリス　彼氏と別れたＪＫ（女子高校生）でっす。ただいま、恋人募集中　いつでも会えますよー　イケメン大学生希望　（^o^）〉

〈ミック　おはー、はじめまして。ぼくでよければいつでもオッケイ〉

えんえんとふたりのやりとりが続いている。

「結花さんと皆川が知り合ったきっかけがこれです」寺町が言って、日付を指した。今年の五月だ。「通信記録をたしかめた結果、判明しました」

「うちの結花が……？」

「そういうことになります。結花さんが最初に投稿して、それに応じたのが皆川でした」

「そ、そんな……」

「五月三十日土曜日。ふたりは渋谷で会いました。結花さんは高校一年生と偽ったそうです。三度目のデートで、皆川は結花さんをラブホテルに誘って、彼女の裸の写真を撮りました。もう、その頃、結花さんは、皆川が女児に異常に興味を持つ男だと見抜いていた。でも、皆川から、しつこく会うようにせがまれて、断りきれなかった。あるとき、結花さんは、皆川から『君の学校の先生と友達なんだよ』と言われた」

「本間先生……？」

「皆川にそのことを尋ねると、本間先生は自分と同じ趣味を持つ仲間だと教えられたそうです。結花さんは、だまっていられなかった。そのときは正義感にかられたんだと思います。そのことをじかに本間先生に問いただしたんですよ。認めざるをえなかった本間先生は、だれにも言わないでくれ、その代わり、なんでも言うことを聞いてあげるからと必死になって結花さんを丸めこもうとした。問題はそのあとです。結花さんは教師の弱みを握ったことで、怖いもの知らずになった。学内では本間先生の手厚い庇護(ひご)を受けるようになったんです。もう好き放題です。気に入らない子には平気でイジメをするし、テスト問題もこっそり教えてもらうようになった。もちろん、見返りを渡すことも忘れていなかった。結花さんは、同じクラスのおとなしそうな大草朋香さんを図工室に連れ込んで裸の写真を撮り、本間先生に与えた。皆川にもです。その関係はどんどんヒートアップしていった。可愛い子がいいという皆川の希望を容れて、市川美羽さんまでも……」

そこまで言って、寺町は仲江の顔をのぞきこんだ。

「……うちの結花が美羽ちゃんの連れ去りに手を貸した？」

仲江がふりしぼるように洩らした。

「皆川も結花さんも、そう告白しています。ふたりが肉体関係を持たなかったことだけが不幸中の幸いでした」

それまでの勢いが失せ、仲江は目を泳がせながら教頭に顔を向けた。

「おかあさん。娘さんは背伸びしすぎたんです。知らなかったのは、あなただけです」

結城に呼ばれて寺町は教頭室を出た。

「子も子なら親も親だな」

結城がつぶやくのを聞きながら、寺町は歩みを早めた。三人から訊くべきことが山のように残っている。

勝負はこれからだ。

ねむり銃

1

階段入り口に飾りつけられたクリスマス・イルミネーションが白く灯っている。結城はワゴン車のガラス窓越しに、その雑居ビルの一階に出された看板を見ていた。アミューズメント。そう書かれているだけだ。これみよがしなシキテン（見張り役）などいない。十二月十一日金曜日午後十時。ここはJR錦糸町駅南口の盛り場、「ピアきんしちょう」の一角だ。

地下から男が階段を上がってきた。通りに身をさらすと、男はコートの襟を立てる真似をして、口元にマイクを近づけた。男の声が結城のイヤホンに入感する。

〈はじまったか？〉

結城はマイクに向かって言った。

〈はじまりました〉

〈全員そろっているか？〉

〈います。客は十一名、従業員は五名〉

地下へ入った人数と同じだ。

〈商品券は？〉

〈万単位で飛んでいます〉

結城の脇で見守る石井が、小声で「よし」とつぶやいた。

寒波のせいで、人通りは少ない。白っぽいものがちらつき出した。少し北へ行けば、場外馬券売り場のウインズ錦糸町西館がある。昼間は競馬ファンでごった返す通りも、いまはひっそりとしている。

敵の巣は四階建てビルの地下一階。その筋からは〝錦糸町の地下〟と呼ばれている大がかりなバカラ賭博場だ。

一階は、二十四時間営業の喫茶店。そこから上はコリアンパブだが、窓らしきものはない。前金制と書かれたスタンドの陰に、作業着姿の捜査員がたたずんでいる。

結城はワゴン車の窓を開けて、駅方向に向かって手を振った。パチンコ屋のネオンサインが輝く通りに灰色のマイクロバスが二台、進入してくる。生特隊と吉祥寺署署員からなる総勢五十名余の混成部隊だ。内通者が出る恐れがあるため、もよりの所轄署には知らせていない。二台はタイ式エステ店の看板の前で静かに停まった。

結城の心臓は早鐘を打っていた。無事に終わってくれと暗い天を仰ぐ。

息を止め、ワゴン車のドアをスライドさせた。冷えた空気がほてった頰を撫でた。結城は早足でビル入り口に向かった。地下へ通じる階段をのぞきこむ。天井に張りついた監視カメラのレンズが光っていた。

「さ、班長」

小西の声にはげまされ、結城は胸元のマイクに声を吹きかけた。

「打ち込むぞ」

おおっ、という返事が聞こえた。

結城は階段を転げ落ちるように下った。小西がつづき、ほかの捜査員にまじって、スーツ姿の寺町がついてくる。

地下一階に降り立った。ドアホンはない。

真上にとりつけられた監視カメラに向かって、結城は家宅捜索令状をかざした。

「警察だ。賭博開帳図利(とり)の容疑で家宅捜索をする」

捜索手続きは遵守(じゅんしゅ)するが、返事など、あるはずもないのはわかっていた。

結城はオーク材の扉の取っ手をつかんだ。押しても回しても動かない。

小西が床に置いた工具箱から電動ドリルを取り出した。電源を入れ、ドアノブの下側にドリルの刃(は)先を突き刺した。鋭いモーター音とともに、十センチ四方がまたたく間に切り取られた。開いた穴に手を入れ、内側のロックをはずす。

扉を押し開くと、別のドアが現れた。旧式のシリンダー錠がついたドアだ。結城は半歩うしろに下がり、前のめりになって突進した。右肩からドアに突っ込む。あっけなく開いたドアから中に飛び込んだ。

いきなり壁だ。そこから通路が鉤形になって延びている。その先で動き回る人の気配がした。

狭い通路を進む。スポットライトが当てられたバカラ台が目に飛び込んできた。ぜんぶで四台。色とりどりのチップやトランプが並んでいる。

「動くな、その場で手を挙げろ」

結城は怒鳴り声を上げた。

かたわらから捜査員が続々と入ってくる。

「塚本、いるかっ、塚本」

店長の名を呼びながら、小西が飛び出す。

「け、警察っ」

叫び声が上がり、男らが動いた。四台のバカラ台にとりついたかと思うと、いっせいにひっくり返した。止める間もなかった。飲みかけのコップが床に落ちて粉々に砕け散った。チップの飛び散る乾いた音がそれにまざる。

「動くな、動くんじゃない」

「携帯、携帯を押さえろ」

従業員を押さえつけ、懐の携帯を押収する捜査員の声が響き渡る。入り口に向かって来る者、トイレに駆け込む者。壁際にはチップを握りしめた客が、放心状態で立ちつくしている。酒やジュースでびしょ濡れになったフロアを、酔っぱらい客がふらつきながら歩いていた。

「やってないよ、やってないって」

怪しい日本語をあやつる女が捜査員に向かって毒づいている。

「全員、バカラ賭博の現行犯で逮捕する。動くな」

「動くんじゃねえ」

石井がひときわ大きな声を発した。

蝶ネクタイと白シャツ姿の従業員はすぐ見分けがついた。

そのうちのひとりが穴の開くほど目を見開き、石井の顔に見入った。

捜査員がその男の胸ポケットにある札束を抜き取り、目の前にかざした。

「賭け金だな？」

おずおずとうなずく従業員の顔をビデオカメラを手にした捜査員が撮影する。

客たちを質す捜査員の声があちこちで錯綜する。

入り口近くの部屋のドアが開いた。タキシードを着た四十がらみの男の腕をつかんで、小西が現れた。

「塚本利夫だな」

結城は男の名を確認した。

男は長い髪を手で払いのけ、ふてぶてしい顔つきで結城の顔をにらみつけた。

逮捕状を男の顔の前にかかげる。

「塚本利夫、賭博開帳図利の容疑で逮捕する」

小西が男の手を腹の前で握らせ、上から手錠を落とし込んだ。

捜査員たちが従業員の名を口々に叫び、倒したバカラ台を元にもどすように命じた。客たちは部屋の隅に引っ立てられていく。

「ここにすわれ」

命ぜられるまま、客たちは床にひざまずいた。

結城は奥の部屋に入った。バカラ台が一台置かれた狭い部屋だ。ここは使われていないようだ。ひとわたり見てからメインの部屋にもどった。右手にあるドアの奥にはキッチンと従業員の控え室がある。

結城は小西が出てきた部屋に入った。

ここだけは、前もって中がつかめなかった部屋だ。

通路側の壁にずらりと液晶モニターが並んでいた。監視カメラの映像だ。ぜんぶで八台。録画機能はない。スチール机の引き出しを開けると、現金と商品券が整然とおさめられていた。キャッシャールーム（会計室）だ。

「これ、頭からかけて――」

メインルームから、寺町の甲高い声がした。実況見分がはじまったようだ。

鑑識員と入れ替わるように部屋を出た。

賭場は八分どおり、もとの状態に復元されていた。四卓のうち、二卓が使われていたようだ。席についていた客に寺町が番号札を手渡していた。ディーラー席にいる従業員の首にも札がかかっている。

「一番、あんたよ、あんた」

寺町に指された中年の男性客の顔が引きつった。

「あなた、いくら賭けたの？　そこのチップをもとにもどしなさい」

緑色の羅紗の上に盛られたチップから、男は自分の分のチップを、おずおずと引き寄せた。

「次、二番」

言われるままに、若い男がチップをもとにもどした。

となりの卓からも、問い質す声が響く。

ディーラーの配置、客同士の関係、賭け金。すべてをこの場で聞き出すのだ。

キッチンの中から、ものをひっくりかえす音がけたたましく響いた。捜査員たちが部屋にあるものを床にぶちまけているのだ。別の捜査員がメインルームの壁にノミを打ち込んで、壁紙を引きはがしにかかった。

紙がはがれて、みるみるコンクリートがむき出しになっていく。

——家宅捜索は徹底的にやれ。壁、床、天井。あらゆる場所を疑え。売り上げ帳、顧客台帳、隠し部屋。蟻一匹見逃すな。

命令は、すべての捜査員たちに行き届いている。

入り口から、見かけない男たちが入ってきた。喧噪の中、小粋なメガネをかけた男が結城の眼前に警察手帳をかかげた。

古田邦男警部補とある。

「いきなりで驚きましたよ」

古田は言いながら、あちこちに目を走らせる。

厚手のセーターの上にダッフルコート。歳は結城と同じくらいか。

「おたくの所属は？」

結城が尋ねると、うしろに従っていた部下の若い男が、

「墨田署生活安全課の保安係長ですよ」

と口を尖らせるように言った。

所轄の警官が警ら中に摘発を目撃し、本署に連絡を入れたのだろう。それにしても、早い。

古田はしかめっ面であたりをながめながら、

「同じ生安じゃないですか。一言、あってもよかったのになあ」

とこぼした。

「いや、知らせたよ」

方面本部長と署長にだけは前もって伝えてある。

「しかし、派手にぶっ壊してるなあ」

「これからだ」

石井の抱えている情報屋から、ネタが入ったのが十一月のはじめ。吉祥寺署に捜査本部を置き、ひと月かけて、張り込みと関係者の尾行をつづけた。数名の捜査員を客に化けさせ、博打(ばくち)に参加させた。塗装業者を装(よそお)ってビル内部に入り、見取り図も作った。開帳は夜九時半と決まっていた。常連客がほとんどだ。店長の塚本は新宿でポーカー賭博の店を持っていたが、警察の取り締まりが厳しくなり、今年の春、店を閉じて錦糸町に移ってきた。

「ま、いいや、手伝いますよ」

と古田が目をとめたのはトイレに通じるドアだった。小と大の便器があるだけの狭い空間だ。古田は部下に命じて、ドアを開けさせると、壁紙をはがしはじめた。

「心おきなく」

そう声をかけると結城の視界に、浮かない顔でバカラ台を見つめる石井の顔が入った。

「イッさん、どうかしたか？」

「どうも客が少なくてね」

「こんな日もあるぞ。それより、お手柄だったよ」

町工場の社長というふれこみで、石井は客を装い何度も店に入った。店長と従業員やなじみ客をつかみ、金の流れを明らかにした。客は現金でチップを買い、賭けに勝ってチップを増やした客は、店内で商品券と交換する仕組みだ。

「明日から、がっちり叩こうや」

結城は耳打ちして石井のそばを離れた。

実況見分が終わるのを待って、従業員と客の逮捕状を執行した。全員を引き連れて表に出る。

通りは、摘発を聞いて駆けつけたマスコミと野次馬でごった返していた。この寒空に、両肩を露出させたドレス姿のホステスや黒服の呼び込みが集まっている。中国語、韓国語、聞いたこともない外国語が飛び交っている。これでもかと浴びせられるフラッシュの中、離れたところに停まっている、観光バスに全員を連行する。怪しまれないため用意したバスだ。

逮捕者が警官とともに乗り込むとバスは人垣を崩すように出発した。店長の塚本は吉祥寺署、従業員と客は、周辺の署に分散して留置する手はずだ。それを見届けると結城は捜

査員たちに向かって、

「バカラ台にかかるぞ」

と声をかけた。地下にもどり、

「せーのぅ」

四人一組で、三メートルほどもあるバカラ台を垂直に立てて持ち上げる。そろそろと階段から上げる。七十キロほどあるバカラ台も有力な証拠なのだ。待機させてあったトラックに載せた。

それからも、一時間ちかくかけて、部屋を解体した。壁と床は跡形もなくはがされていた。天井に小さな金庫が置かれ、中から五百万円ほどの現金が見つかった。ノートパソコンが二台押収され、その中にエクセルで作られた顧客台帳が見つかった。

吉祥寺署にもどったのは午前一時を回っていた。すべて滞りなく終了したことを副隊長の内海に伝え、宿直室で横になった。

重しがとれ、結城は一段落した気分だった。

これほどの大捕物は、はじめてのことだった。容疑事実は動かしようがないと思われた。店長の塚本は賭博開帳図利容疑、その部下も同じ罪の従犯とし、客らは単純賭博容疑で起訴に持ち込めるはずだ。

目をつむると、店長の塚本の不遜な顔がよぎった。

「ここはゲーム場ですよ、博打なんてしてませんよ」

そう、くり返すばかりの塚本だった。

店はミラノという名前で、ゲーム場として風営法八号の営業許可を受けている。しかし、主犯が否認したところで、バカラ賭博を開帳したのは明らかだ。一勾留（十日間）で起訴にもちこめるだろう。なんとしてでも、年内に決着させなければならない。握りしめていた拳を開くと、ようやく浅い眠りが訪れた。

2

翌日。

従業員と客が留置されている周辺の所轄署をまわり、結城が吉祥寺署に着いたのは、正午。捜査本部の置かれている四階の講堂では、生特隊の副隊長の内海が吉祥寺署長と話し込んでいた。留置人は異常なしと報告し、三階に降りて取調室のある刑事課に入った。

奥にある取調室のドアを開けて、中をのぞきこむと、石井がぎらついた目で対面にすわる塚本の顔をにらんでいた。塚本は足を組み、両腕を垂らしている。額に髪がかかり目が見えない。呼びかけると、小西を残して石井が外に出てきた。

「どうだ、イッさん……」

石井の顔が険しい。

「どうもね」と言ったきり、石井は後頭部をかいた。

肝心な情報を一刻も早くつかまなくてはならない。

「オーナーはだれか、吐いた？」

結城が訊くと石井は眉間に縦皺を寄せて、首を横にふった。

「携帯は」

内偵でもわからなかったオーナーを押さえなくては摘発した意味がない。暴力団関係者とつながっている場合が多いのだ。

「履歴はちゃんと残ってますよ」

結城は意外な気がした。摘発は素早くやったつもりだが、携帯の通話履歴を消すぐらいの時間的余裕はあっただろう。塚本はふだんから、オーナーと通話していたはずだ。

「いちおう、携帯の番号を当たっていますけどね。それらしい奴はいません」

「じっくりと調べるしかないな」

「従業員のほうはどうでした？」

「キャッシャー係と接客係は区別できた。ところがだ。連中、上下関係はありません、給料は一律ですと抜かしやがるし」

「風俗の求人誌を見て応募してきたと言い張ってるんじゃないですか？」

「そっちもか？」

「同じですよ」石井は期待をこめた目で結城を見た。「で、オーナーを見たことのある奴は？」

「ひとりいたが、顔は覚えていないと突っぱねている」

「……徹底してますね。弁護士は？」

「今日の夕方までは会わせん。塚本はなんと言ってる？」

「口を開けば弁護士、弁護士って……かないませんよ」

「まさか、もう連絡が入った？」

「高山俊治（たかやましゅんじ）から。これから取り調べにかかろうかって、朝の九時ぴったりに」

刑事事件専門の腕利（き）き弁護士だ。

「できすぎじゃないか」

前科のない塚本に、なぜ、弁護士から早々に電話が入るのか。

「姿の見えないオーナーがいるんですよ」石井が言った。「もうひとつ、気になります」

石井は十一名の客のリストをとり出して見せた。

「みな、ガジリですよ」

ガジリとは一、二万の金でちびちび遊ぶ冷やかし半分の客のことだ。

「中国人の女は？」

「はじめてのようです」

「一見さんばかりか……」

ミラノの場合、路上に立つ風俗の客引きが別の客引きを紹介し、その許可を得て、ようやく店にたどり着けるというシビアな入店方法がとられている。知り合いの紹介というだけで入ることはできない。

「『抜け』があったかな……」

警察内部から店側に摘発情報が洩れたということだ。いちばん疑われるのは地元の墨田署だ。日頃から風俗店の許可をはじめとして、つきあいが深い。

しかし、それは織り込み済みだ。内通者が出るのを恐れて、遠く離れた吉祥寺署に捜査本部を置き、捜査員も選抜しているのだ。

「イッさん、はやるなよ」

「わかってますよ」

ひと月半の内偵期間中に、地元の墨田署が察知したのだろうか。捜査員には慎重に行動させた。それにひと月半という内偵期間は短い。ふつうなら半年かけて、じっくりと洗い出すのだが。

「とにかく、賭けのルールから追い込んでみてくれないか。そのうち、きっとボロが出る」

チップのレート、賭け金、手数料。すべてを聞き出し、金の動きを明らかにする必要がある。

「班長、念のため、塚本のヤサのガサ入れ、お願いできますか?」

「わかった。今から令状を取る」

そのとき刑事課のドアが開いて、怒り肩の男が入ってきた。その顔を結城は穴の開くほど見た。捜査一課の剣持ではないか。

いったい、何の用があって。

剣持は結城のところまで歩み寄ってくると、いきなり取調室のドアを開けた。

結城が踏み出すと、剣持の連れのふたりが立ちはだかった。

しばらくして、剣持が塚本を連れて出てきた。待機していたふたりが素早く手錠をかけ、腰縄を打つのを結城は呆然(ぼうぜん)とながめた。

なにが起きているのか、理解できなかった。

「剣持、いったいどういう料簡(りょうけん)だ」

剣持は太い眉(まゆ)を動かして言った。「まだ聞いてないのか?」

「結城っ」

ふりかえると刑事課の入り口に副隊長の内海が立っていた。

その声に従うように、結城は四人の前から下がった。

出ていく四人とすれちがいにやってきた内海は、渋い顔で容疑者のいなくなった取調室に入った。結城も続いた。

内海は壁際に立ち、残っていた小西に出て行くように命じると結城の顔を見やった。

「刑事部長命令だ。先に一課が取り調べる」

「そんな……」

「うちの生活安全部長も了承した。検察も同じくだ。塚本のヤサもさわるな。一課が入る」

「いったいなにが」

結城の言葉を待たずに内海は苦々しそうに言った。

「先月、十一月十五日、狩猟解禁日の日曜日だ。奥多摩の大丹波で、流れ弾に当たって作業員が死んだろ」

そのニュースを結城は思い出した。民有林の中で間伐作業をしていた林業作業員が、ハンターの撃った流れ弾に当たって死亡した。あのニュースだ。撃ったハンターが見つかったとは聞いていない。

「塚本はそっちに関係しているんですか?」

「断定できていない。ここひと月、一課は血眼になってホシを追っている。業務上過失致死容疑だ」

「流れ弾は散弾銃？」

「いや、ライフル。右脇腹から左胸にかけて貫通している。病院に運ばれたが失血死だ。銃弾はすぐそばの斜面の土にめりこんでいた」

「撃った野郎は見つかっていないということですか？」

「ライフルの射程は最長四キロあるぞ。撃たれた場所は三方に開けた場所で、撃たれた方角は特定できていないそうだ」

　では、一課はライフルを所持している人間を総当たりしているのか？

「塚本はライフルを持っていたんですか？」

「いや、銃はおろか免許もない」

「じゃあ、どうして？」

「作業員が撃たれた反対側の山には、高水山から岩茸石山、そして棒ノ折山へ続くトレッキングコースがある。当日、歩いていたハイカーが言うには、岩茸石山から棒ノ折山へ行くちょうど中間あたりで、ずっと下の斜面から銃声らしき音を聞いたということだ」

「撃たれた場所からどれくらいありますか？」

「一キロあるかないか。ハンターが車で入ったと仮定すれば、川井から大丹波川ぞいにさかのぼる都道に車を停めるのがふつうだそうだ。そこで黒のランドクルーザーがハイカーに目撃されている。川井から二キロほど入った北川橋で道が二股に分かれるが、その路肩に停まっていたということだ」

「そのランクルが？」

　内海はうなずいた。「先週の聞き込みでつかんだと一課は言っている。その日の青梅市近辺のＮシステムをすべて洗い出した結果、塚本のランクルが浮かび上がった」

　Ｎシステムは、警察が幹線道路に設置しているナンバー自動読取(よみとり)装置だ。通過した車を車種別に検索することもできる。

「ランクルは一台だけ？」

「五台あったが、黒のランクルは塚本の車しかない」

「やつは無許可で撃ったということですか？」

「それはまだわからん。同乗者かもしれんし」

「塚本が落ちる見込みはあるんですか？」

「ない」

　いくらバカラ賭博で挙(あ)げたといっても、向こうは人ひとり死んでいる。一課に身柄を持っていかれても仕方がない。しかし、こちらとしても、最重要被疑者だ。塚本の口を割らせなければ起訴に持ち込めないではないか。

「では、うちとしては？」

「もう捕(と)ったんだぞ、結城。あともどりできると思うか」

「しかし……」

ふと、結城の脳裏に、今しがた見た尊大な塚本の顔がよぎった。一課は徹底的に塚本を叩く。もし落ちなかったら……。

――バカラの件は引っ込めるから、真実を吐け。

そう一課が持ち出さないとも限らない。

「オーナーだ、オーナー。だめなら、ほかの従業員を落とせ。一日でも早くオーナーを見つけろ。さもなきゃ、このヤマはつぶれるぞ。そうなったら、ただじゃ済まんぞ」

生活安全部長肝いりの案件なのだ。処分保留で釈放したりしたら、生特隊は物笑いの種になる。いや、へたをすれば結城自身が懲戒処分を食らいかねない。そうなった日には、所轄の地域課にもどされてしまう。それだけは絶対に避けたい。なんとしてでも、起訴に持ち込むしかないのだ。

3

結局、その日、従業員たちは落ちなかった。夜遅く、結城は久方ぶりに狛江の自宅にもどった。風呂につかってから、まずいビールを口にふくんだ。

「今日はどうだった？」

父親の益次が家にもどってきて半年がすぎた。家を出て、あたりをさまよい歩くということはなくなっている。それも妻の美和子が家にいてくれて、なにかにつけ世話をしてくれているおかげだった。

「別にないけど」と言いながら、美和子は流し台を布巾がけしている。「絵里がちょっとね」

結城は耳をそば立てた。

「どうした？」

「このあいだ、無断外泊したの」

「えっ、無断外泊？　いつ？」

「今週の火曜」

摘発前のあわただしい時期だ。結城は吉祥寺署に泊まり込んでいた。

「友だちのところに？」

「それが言わないのよ」

「おまえ、ちゃんと訊いたのか？」

「訊いたけど話さないし。あまりしつこく言うのもね」

それだけ言うと美和子は口をつぐんだ。

結城はふた月前、児童ポルノ写真製造事件を手がけたときのことを思った。小学生でも大人と携帯で連絡を取り合い、ホテルに連れ込まれてしまうご時世だ。最近では、家出少女を自宅に泊める〝泊め男〟なるものまで存在する。一度、じっくりと話し合わないといけない。

ふとんに横たわっても摘発したときの情景がよみがえってきて、寝つけなかった。五人の従業員はオーナーのことを知らない。石井が言ったことを思い出した。

「『抜け』があったかな……」

従業員も客もあてにならないとすれば、内偵を続行するしかないではないか。

地元の錦糸町に入って、聞き込みを続行する。もう秘密にする必要はない。大声で、ミラノの名を口にしながら、関係先を訪ねる。それよりほかに、なにができるだろうか。

日曜日。

錦糸町駅南口にあるウインズ錦糸町東館は、赤鉛筆を耳にはさみ、競馬新聞を広げた男たちでごった返していた。朝の九時半だというのに、日本酒のにおいがぷんぷんしている。

「男の人ばかりですよね」

バーバリーのトレンチコートを羽織った寺町由里子が結城の耳元でつぶやいた。

「そうでもないぞ」

結城が馬券売り場の窓口に並んだカップルを見やると、寺町は、

「あれは負けます」

と言った。

「どうして？」

「ここはデートする場所じゃないですから」

場外馬券売り場はここだけではない。百貨店の丸井をはさんで、摘発したミラノの近くにはウインズ西館がある。

「男の本性を見るにはいい街だと思うがな」

通りを歩けば、パチンコ屋が軒を連ねているギャンブルの街だ。立て看板の半分は、サラ金のそれが占める。南口の東街区はラブホテル街だ。

寺町は内偵期間中、ほとんど吉祥寺署で裏方仕事をしていた。本格的な聞き込みに出るのは、今日がはじめてだ。

ウインズを出て、通りを南に歩いた。パチンコ屋の景品交換所が目につく。しかし、聞き込みはできない。地元署とツーカーの仲だからだ。「軍資金貸します」と書かれた消費者金融会社の看板をかかえた男があちこちに立っている。

「競馬もパチンコも、結果的には勝つ人って少ないですよね」

「まあ、いないな」

「うちもそれでやめさせられる人がいるみたいだし。ギャンブルにのめり込む人って、ど

うして負けるのでしょう?」

「おいおい、マチ子、心理学で習ったろう? 欲には際限がなく、元手には際限がある」

「ここで勝ったらやめておこうっていうのができない?」

「できれば儲かってるだろうな」

「心理学で『コントロール幻想』って言います。他人とくらべて、私だけは運がいいからとか、勝手に思い込むんですよ。宝くじで十万円当たるのなんて、数百万分の一の確率ですよ。でも、買うときは、自分だけはきっと五分の一くらいの確率で当たるって考えるんですよね」

「胴元は儲かるぞ。当てた奴からもごっそりとテラ銭を抜くからな」

「ミラノもそうですよね? どれくらい手数料をとっていたんですか?」

「おそらく、その場その場で変えていた。最高で三割は抜いていたろうな」

「石井さんの情報屋も負けた口でしたね」

「いや、情報屋の知り合いがミラノで負けて、その腹いせにあちこちで店のことを言いふらした」

「ああ、なるほど」

「ここ入るぞ」

結城はマンションの一階に連なっている定食屋の一軒に入って聞き込みをした。それからも二時間ほど店舗や個人住宅で聞き込みをしたが、これといった情報は得られなかった。

正午近く、四ツ目(よつめ)通りを渡って錦糸町駅南口の東街区に入った。

「班長、どこか心当たりでも？」

「少しな」

東街区は、都内随一の都立病院を中心にして、区画整理が行われた。しかし、できあがってみれば、病院のまわりはラブホテルが林立し、外国人パブが競うように出店している。街娼(がいしょう)がパブで知り合った男をホテルに連れ込んで稼ぎまくるロケーションだ。

大通りから一歩入ったそこは、こぎれいなマンションとハングルの看板が交互に立ち並んでいる。焼肉店、バー、洋品店。

「コリアンタウンですね」

「だな」

「そうだ、塚本の住まいはこの近くでしたね」

「思い出したか」

「すみません」

それだけではない。結城の頭の中にある地図には、何カ所か暴力団事務所がおさまっている。地番をたしかめながら歩くと、そのうちの一軒にゆきあたった。コンクリート打ちっ放しの古い四階建てのビルだ。クラブｈａｌと書かれた看板が壁にかかっているが、店のシャッターは下りていた。

このあたりは俗に「花壇街」と呼ばれているが、客引きやそれらしい連中が夜な夜な徘徊するエリアだ。こぎれいなマンションの一階も、盛大に飲食店が軒を連ねている。

道路が斜めに交差する空間にできた公園のベンチに腰を下ろした。

しばらく張り込んでいると、茶色いダブルのスーツに身を包んだ男が歩いてきた。

四角い銀縁のサングラスに金の金具の付いたバッグをわきにかかえて、肩を怒らせて歩いている。古典的なヤクザスタイルだ。こんなところでお目にかかるとは。

「三原」

結城が声をかけると、男は足をとめて結城を見やった。

「あっ、どうも」

言いながら結城のすわっている前までやってきた。

「こっちに住んでるのか？」

小松川署の地域課にいたとき、情報屋としてかかえていた男だ。当時は警察庁が目の敵にしている広域暴力団の下部組織に属していた。

「えっ、まあ。こっちがいるもんですから」

と三原は小指を立てた。

「一昨日のヤマは知ってるか?」

「ああ、はい、ミラノ?」

三原はちらちらと寺町に目をやりながら答える。

「店長を知ってるか?」

「さあ」

結城は立ち上がると、三原の襟首をつかんだ。

「新宿から流れてきた塚本っていう野郎だ。聞いたことあるだろ?」

「塚本? 聞いたことないな。初耳です」

「ほんとか?」

「じゃ、失礼します」

そそくさと歩き去っていく三原の後ろ姿を見送るほかなかった。

警察による新宿歌舞伎町の浄化作戦は功を奏したものの、そこであぶれた連中が、この錦糸町に流れ込んでいる。

公園を離れ、寺町と連れだって低・中層の雑居ビルが並んだ通りに入った。一階は店舗でその上がマンションだ。立ち食いそば屋、焼肉店、コンビニと続き、整体院が入居している長細いマンションが建っている。あの三階に塚本が住んでいると寺町に教えた。

結城は一階にある整体院のドアを開けた。

白衣姿のでっぷりした五十がらみの男が、待合室で週刊誌を読んでいた。結城が警察手帳を見せると、男はその場から、ゆっくりと腰を上げた。

「あの、また家宅捜索ですか?」

その一言で、昨日、捜査一課がガサ入れしたのがわかった。

「いえ、ちがいますよ」

待合室にかかげられた免状を見た。内田啓三とある。このマンションの所有者だ。内偵のときも、ここだけは立ち寄らなかった。寺町がいない。どこへ行ったのか。

「内田さん?」

「はい」

「ちょっとよろしいですか?」

「ああ、はい」

結城は三階に住んでいる塚本のことを尋ねた。

「四月頃入られたんですけどね。あまり顔も見ないし、よくわからないんですよ」

「よく訪ねてくる人なんかいましたか?」

「さあ、どうでしょう」

「家賃は?」

「いただいてますけど」

「内田さんは、こちらにお住まいですか?」

「はい、このビルの五階に」

「地場(ここ)の人?」

「親の代からになりますけど」

「そうですか」

結城は、塚本がおととい、賭博開帳図利で逮捕されたことを話した。

「あの方が……」

「ええ」

そのとき、建物の上の方から物音がした。外階段だ。なじり合うような声。

結城はあわてて店を出た。ビルの横手にまわりこみ、階段に足をかけ一足飛びに上った。

荒い息づかいが聞こえてくる。壁になにかを打ち付ける鈍い音がした。

三階の踊(おど)り場で、背広を着た男と寺町がもみ合いになっていた。

「いいじゃないの」

「だめだって言ってるだろ」

男は寺町と同じくらいの背丈だ。まだ若い。三十手前か。寺町の腕を取ろうとして、ふりはらわれた。寺町の背後に回り、腰に両手を回して動きを封じようとするものの、寺町が身をよじってかわす。ふたりの足がからみ合って、脇にあるドアに衝突した。

「マチ子っ」

結城が呼びかけると、寺町は上気した顔をねじまげた。

「なにやってるんだ」

「あ、でも」

「でもなにもない」

結城は言うと、肩で息をしている男に向かって声をかけた。

「おたくさん、一課の？」

男は悔しそうにうなずくだけだ。

結城が所属氏名を名乗ると、ようやく、男は怒らせていた肩を下ろした。

「そこ、塚本の部屋？」

「だれも入れるなという命令ですから。でも、こっちの」

男は寺町をにらみつけた。

「おとといの摘発をいっしょにやった部下です」

「困るんですよ、そういうこと仰られても」

男はよじれたネクタイをもとにもどしながら、うらめしそうに言った。

「熱心なんです。許してやってください。行くぞ、マチ子」

寺町は信じられないという顔で結城を見やり、男に向きあった。

「見せてくれる気ないの？」

「だめだめ」

「あんたってロボット？ 融通利（き）かせなさいよ、見せなさい」

「いいかげんにしろ」

結城は寺町の腕を取って階段を降りた。

「でも」

「いいから、こい」

一階まで降りると結城は寺町の腕を離して、足早にそこを離れた。

「班長、見せてもらいましょうよ。うちのヤマじゃないですか」

「マチ子、頭を冷やせ。塚本の身柄（ガラ）は一課がにぎってる」

「だからって、うちがおとなしく引っ込む謂（いわ）れなんてないじゃないですか」

「わかったから、もういい。飯だ。飯食いに行くぞ」

「もう知りません」

結城と距離をおいて、寺町はついてくる。

四ツ目通りをわたり、ミラノのあるビルまで出向いた。入り口で警戒に当たっている生特隊の捜査員を激励してから、近くにあるラーメン屋に入った。十三時を少しまわったとところで、カウンターに人はいなかった。内偵のとき顔見知りになった無骨そうな店員に、ラーメンとぎょうざを頼む。寺町は自分でコップに水を注ぎ、一息に飲み干した。

「日をおけばなんとかなる」

結城は小声で呼びかけた。

「きっとですよ」

寺町の返事を聞き、結城は麺を茹ではじめた店員に向かって、

「この先にあるミラノっていうゲーム屋知ってる？」

と訊いてみた。

「さあ、聞いたことないです」

「一昨日の晩、警察の摘発があったみたいですよ」

機嫌を直した寺町がそれとなく突っ込む。

「ああ、なんかあったって言ってましたね」

さほど関心がないようだ。

「この店に猟銃の好きな人なんて来る？」

結城はふと口にした。

「猟銃ですかぁ。この店の前でもヤクザ屋さんが派手に撃ち合いしましたけどね」

「そりゃ、昔じゃない？」

もう七、八年前の話だ。暴力団同士の抗争で、幸い怪我人はなかったはずだ。

「この近くですか？」

好奇心を装って寺町が訊いた。

内偵の段階で、その事件の情報は捜査員で共有している。

店員は長箸を表に向け、

「目の前のそこで」

と言った。

「このお店も被害を受けたんですか？」

「いえ、無事でしたよ」

「よかったですね」

「猟銃っていやぁ、千葉のお客さんらがよく来ますよ。内房の海岸なんかで鴨を撃つような話を聞きますけどね」

千葉県在住者にとって、錦糸町は身近な都会だ。

「海岸っていうと？」

「市原から富津あたりじゃないですか。今年の夏も、君津でまちがって、人、撃っちゃったでしょ。あんときも来てたな」

その件は初耳だ。

「猟をしていて？」

「いえ、夏場ですよ。猟期は十一月からですもん。ほら、畑を荒らすサルが増えたでしょ。駆除を頼まれた猟友会のメンバーが、サルとまちがえて人を撃ったんですよ」

「撃った人ってどうなったの？」

「処分保留で釈放されたんじゃないですか。このあたりの人も、よく千葉へ撃ちに行ったりするみたいですよ」

「やっぱり飲み屋さんのオーナーさんとかが猟銃撃つんだ？」

「けっこういるみたいですよ。銃の登録更新のとき、店の前に自分の車を停めて、トランクに銃が入ってるんだぞ、なんて自慢する人もいますからね」

「怖いね。でも、ふつうの人でしょ？」

「ええ。ちなみにその人、うちが野菜を仕入れる八百屋（やおや）のオヤジさんですから。そういや、更新のとき、もめ事があったとか言ってたような覚えがあります」

　客が入ってきて、話はそれきりになった。

　ラーメンとぎょうざを腹におさめ、結城はふたり分の勘定を済ませて、店を出た。

　先に出ていた寺町が店の裏手からやってきた。

　赤茶けた紙を結城に見せた。

　青果店が発行したレシートだ。キャベツ五個の代金として、七五〇円が打ち込まれている。

「お店の人が話していた八百屋さんだと思います。あそこにありました」

寺町は自分が出てきた通路の奥を指した。段ボール箱が積まれている。

「江東橋二丁目……この近くです。行ってみますよね」

結城が答えるより早く、寺町はさっさと歩き出した。

どうやら、まだ機嫌は直っていないようだ。

奥多摩の誤射事件と関係しているると思っているのだろうか。

それはないと結城は思った。だいいち、塚本は銃砲の免許など持ってもいない。

結城は何も言わず、だまって寺町のあとについた。

その八百屋は首都高七号線の高架下にあった。店に入っていく寺町を待った。しばらくして、ミカンを一袋、手にした寺町がやってきた。

「ご主人が鴨猟をなさるそうです。この地区の銃砲検査は毎年、コミュニティセンターで行われるそうです。えっと、錦糸町会館というところ」

「それで？」

「この近くだそうです」

銃砲を持っている者は年に一度、現物の銃を警官に見せて、保管場所や銃の使用状況を報告する義務がある。毎年四月に行われ、警察署ではなく、行政が運営する施設で行われるのが通例だ。しかし、そこでなにがあったというのか。

「行きますよね？　班長」

なにやら、興味が湧いてきた。

「行ってみるか」

4

錦糸町会館は、都立高校の西にある公園に隣り合って建っていた。三階建てのがっしりとした建物だ。一階は多目的ホール、二階と三階が集会室と会議室。三階にはトレーニングルームもある。

結城は受付にいる若い女性に警察手帳を見せ、年間の利用実績を見せてもらえないかと頼んだ。館長を名乗る内藤という男がやってきて、スタッフルームに通された。ソファーで待っていると、内藤がＡ４のファイルを携えて、やってきた。

「これでいいですかね？」

寺町が礼を言って、年間利用実績簿と書かれたファイルを受け取った。

内藤は慇懃な感じで、また、なにかありましたらと言って、窓際にある自席にもどっていった。

結城はファイルをめくる寺町の手元を見つめた。しばらくして、手が止まった。

「これですね」

寺町の指したところに、墨田支部銃砲検査とある。場所は二階の第一集会室。今年の四月十八、十九日。土日の二日間。両方とも検査時間は午前九時から午後四時までとなっていた。

結城はファイルを携えて館長席に足を運び、それを返して礼を言った。

「あっ、どうも、ほかになにか？」

「二階の第一集会室を見せてもらえますか？」

「結構ですけど、ごいっしょしましょうか？」

「鍵がかかってますか？」

「いえ、上から下まで、部屋はすべて開いていますけど」

「それなら、わたしたちだけで行ってみます」

「そうですか」

今度もあっさりと館長はうなずいた。

二階に上がり、第一集会室のドアを開けた。

かなり広い部屋だ。道路側に大きな窓があるだけで、机もなにも出ていない。銃砲検査をやるには充分な広さだ。長机を四つほど並べればできる。検査する側は、墨田署の生活安全課員が三、四名。あとは地元の猟友会の幹部と銃砲保安協会の人間がふたりほど。ぜんぶで七人前後。この地区で銃を持っている人間は多くても三十名前後だろう。検査は余裕を持ってできたはずだ。

ぐるっと部屋を回って出た。同じ階にある会議室は使われていなかった。三階に上がると、第二集会室の中からにぎやかな声が洩れてきた。「親子で英語」と書かれた看板が出ている。

扉を開けると、ビニールシートの敷かれた床に、十組ほどの親子がしゃがみこんで、英語の歌を歌ったり、ゲームをしている。子供は小さかった。幼稚園に入る前の子供たちだろう。

トレーニングルームでは、五人ほどの大人たちが、マシン相手に汗をかいていた。年配者が多い。寺町はベンチプレスのところで休憩している年配の女に近づいて、気さくに「こんにちは」と声をかけた。

結城もさりげなくそばに寄った。

「モニターをしています」などと適当な言葉を並べて、寺町は女の警戒心を解いた。六十はすぎているだろう。ピンクのTシャツと黒のレギンスがいささか派手だ。

女から利用回数を聞き出して、メモをしながら、寺町はさりげなく、毎年、春に行われる銃砲検査に話題を移した。

「ああ、毎年、ここでやってるみたいよ」

「へえ、なにか怖いですねぇ」

「怖くないわよ。検査のときは銃の弾を抜いてくるんですって」

「あっ、そうなんですか」

「人から聞いた話だけどさ」

「ちなみに、今年の検査の日も、いらっしゃいましたか？」

「えっと、どうだったかしら」女はしばらく考えてから、ふたたび口を開いた。

「たしか、日曜だったんじゃないかしら？　あの日も、お昼からここでトレーニングして、ストレッチのあと、寝ころんでたのよ。そしたら、下の方でドンという音がしたわ」

「下の方って、集会室？」

「そうでしょ、ほかにないもの」

「よく覚えてますねえ」

「わたしの誕生日だったからね」

「ちなみに、どんな音だったんでしょうね？」

「机かなにかが、倒れたような……もっと、低い音かな。この建物、防音仕様だし、ほんの一瞬だったからねえ」

女が迷惑そうに、バーベルを持ち上げトレーニングをはじめたので、寺町は礼を言って話を終えた。

　結城は先にトレーニングルームを出た。

　エレベーターに乗り込むと、寺町が口を開いた。

「あれでしょうかね？」

「さっきの女性が聞いた音？」

「はい」

「もしかして、銃の暴発とか」

「音って上に向かうって聞きましたけど」

「だとしても、隠しきれないぞ。それに隠す意味もないじゃないか」

　結城はふと、一昨日の摘発のときのことを思い返した。

　踏み込んでから十分もしないうちに、墨田署の生安課がやってきた。たしか古田という保安係の係長だ。銃砲検査は彼らが担当しているはずだ。結城はそのことを寺町に話した。

「所轄の人がそんなに早く来ましたっけ？」

　と寺町は驚いたふうだった。

「早かった。地元の警らから連絡が入ったとばかり思っていたが」

「きっと、古田さんは、ここの銃砲検査に立ち会っていますよ」

「だろうな」

「しかし、なんなんでしょうね。どんという音って。奥多摩では誤射があったし」

「イッさんが言うには、どうも今回の摘発は、『抜け』があったらしいし」

「そうみたいですね。客は一見さんばかりで常連の太い客はいなかったし、従業員は従業員で、『ここはゲーム場で賭博はしていない』って口裏を合わせているような感じがしますし」

「だろ」

「でも、『抜け』があったとしたら、バカラ賭博はやめて、ゲーム機だけの営業をしていれば捕まらなかったんじゃないですか？　もしくは店を休めば」

「休んだらよけい怪しまれるぞ。それにバカラ台はどうする？」

「どこかにこっそりと持ち出して、隠しておけばいいんじゃないですか？」

「あんなでかいのを？」

「やる気になればできると思いますけど」

余裕があればできないことはないだろう。しかし、それはそれで大仕事になる。摘発の直前になって、ようやく『抜け』があった可能性も否定できない。常連客を帰すのがやっとなほどで、バカラ台を隠す時間もないほどの。

錦糸町会館を出たところで結城は、

「マチ子、少し調べてみるか？」

と提案した。

「わたしもそう言おうと思っていたところです」

「どのあたりから手をつける？」

「……『抜け』の方はなにか心当たりありますか？」

「ない」

「墨田署の方はどうしますか？　四月の銃砲検査のときのことをくわしく知らないといけませんけど。班長はお知り合いがいらっしゃいますか？」

「いない、マチ子は？」

「いません……わたしたちが乗り込んでいくわけにはいかないし」

「監察にも頼めん」

「ですよね。身内のことだし。近場の銃砲店を当たってみれば、どうでしょう？　この地区で銃を持っている人がわかると思いますけど」

「そいつから検査のときのことを聞き出す？」

「できると思います」

「墨田署の生安にチクられたらどうする？」

「あっ、そうか、いますよね、きっと。全員ではないにしても」

寺町が口をつぐみ、考え込んだ。

「どうした？」

「小西さんです」

「小西がどうした？」

「うちに来る前は墨田署だったじゃないですか」

うかつだった。そんなことを忘れていたとは。

「よし、小西から手を回してもらおう」

小西が生特隊に異動してきたのは一昨年の春。まだ、墨田署には知り合いが多く残っているはずだ。夕方の宿直の時間帯になれば、二階以上の階にいる宿直員は全員、一階の警務課に降りてきて待機する。刑事課も生活安全課も、空になるはずだ。そのとき、関係する書類を持ち出して、コピーしようと思えばできる。

「あとはミラノのオーナーだな」

結城は言った。

「はい、オーナーさえわかれば、なにかつかめるかもしれません」

「従業員を叩くしかないか」

「でも班長、わたし、従業員はオーナーのことを知らないんじゃないかって思うんですけど」

「その可能性は高いな」

「一課に店長の塚本の身柄（ガラ）を持っていかれたのは本当に悔しいですね」

「ああ、奴ならきっと知ってる」

「取りもどせないでしょうか？」

「一課のことだ。二勾留（二十日間）ぎりぎりまで、業務上過失致死で絞（しぼ）り上げるぞ」

「そうですよね……じゃ、バカラ台からはどうかしら」

「バカラ台がどうしたって？」

「作ったり修理したりする人を特定して、そこから」

「発注した人間をあぶり出す訳か。いいアイデアじゃないか」

「生活安全の刑事講習で教えられました」

寺町はそう言うと舌を出して引っ込めた。

「なんでもいい、そっちを当たってくれ」

「それもありますけど、もっと早道があるような気がします」

「古田か？」

寺町は大きくうなずいた。

保安係長の古田の周辺を洗えば、ひょっとしてなにか出てくるかもしれない。

「班長さえＯＫなら、わたし、今日の夜からでも張りついてみたいと思います」

「簡単に言うなよ。監察でもあるまいに」

「ですから、あくまで生特隊の分限で」

「……わかった。バカラ台のほうはおれから訊いておく。おまえは小西といっしょに、古田の行動確認をしてくれ」

「わかりました」

その晩、自宅に帰り着いたのは、午後十一時をまわっていた。

美和子にうどんを作ってもらい、ネギを多めにかけて食べた。

「もう泊まりはないの？」

「なくなったよ、もう通常勤務だ」

「でも起訴するまでは大変なんでしょ？」

吉祥寺署に開設されている捜査本部の状況について、最低限のことは伝えてある。

「それも怪しくてな」

父親の益次のことが話題に上らないのは、なにも問題がないのだろう。

ふと、摘発情報が妻の口から洩れたのではないか、という考えがよぎったが、すぐ、その思いを頭から追い払った。

「絵里はどうだ？」

洗い物をしていた美和子が結城をふりかえった。

「どうって？」

「商学部に志望を変えたんだろ？　来年早々、センター試験があるじゃないか。受験勉強は進んでいるのか？」

「言わなくてもけっこうやってるわよ、あの子」

予備校の模擬試験で、いくつかの志望校の合格ラインには達していると本人は言っているが、結城は書類でたしかめたことはない。

結城は二階に上がり、絵里の部屋をノックした。

「入るぞ」

絵里は、小学校以来ずっと使っている机に顔を伏せるようにして、熱心に参考書と向かいあっていた。勉強に集中しきっている顔で結城をふりかえった。

「……なに？」

「悪かったな、勉強中に」

「いいよ、なに？　どうかしたの？」

「いや、ちょっと訊いておこうと思っていたんだけどな……またにするか」

「だからなに？　変よ、お父さん」

「いや、お母さんから聞いたが、先週の火曜日、外泊したか？」

「あっ、うん、したけど……」絵里はしばらく目を泳がせてから、結城の顔をまっすぐ見つめた。「あれ、お父さん、なにか勘違いしてない？」

「そ、そうか……」

「もしかして、変な男の人のところに泊まったって思ってるんじゃないの？」

結城は小さくうなずいた。

「やっだぁ。ばかみたい、麻衣ちゃんのところに泊まったんだよ。麻衣ちゃん」

「……中学校のときの親友だった篠原さん？」

「そうよ、シノに決まってるじゃない。わたしと同じ浪人なんだから」

妻の美和子と口喧嘩ばかりしていて、家にいても気詰まりだったのだろう。

「そ、そうか、悪かった、お父さん……」

「お父さん、ひとつ貸しね。お母さんもお母さんよ。ちゃんと言ってあったのに」

「悪かったな」

「夫婦でコミュニケーション不足。喧嘩ばかりしてるからよ。勉強の邪魔。さあ、出てって出てって」

絵里に背中を押されて部屋を出た。

5

二日後。

結城は生特隊本部のある春日(かすが)の富坂庁舎で部下の到着を待っていた。最初にやってきたのは石井と寺町のふたりだった。

「立川中央署に行ってきました。西野(にしの)は完落ちしたみたいですよ」

石井が言った。

西野浩之(ひろゆき)はミラノの会計係だ。

「オーナーはわかった？」

結城は身を乗り出して、訊いた。

「だめです。本当に知らないみたいです」

「そうか……」

「賭博の中身ですが、バカラ台ごとに、最低賭け金が五千円から三万円のあいだに設定されていて、チップ一枚の最高額は十万円だそうです」

「売り上げは？」

「本人は帳簿はつけていませんから、あくまで推計になりますが、月々の上がりが五千万前後のようですね」

「けっこうな上がりじゃないか」

「三カ月もやれば、がっぽり懐に入りますよ」

「班長、『抜け』がらみのほうはどうでしたか？」

寺町に訊かれた。

「いちおう人事ファイルは見た。懲戒処分を受けているような捜査員はいないよ」

「懲戒を食らうようなヘマはしないと思いますけど」

「マチ子、あまり無理を言うな。ろくに話したこともない連中ばかりじゃないか。監察でもないのに、はなから疑ってかかるのも、どうかと思うぞ」

「そうですよね……あっ、バカラ台は？」

「吉祥寺署の本隊でやらせている。二、三日で結果を出せと言ってある。それよりマチ子、昨夜の古田係長はどうだ？」

「例の部下とべったり張りついたままです」

「摘発のとき、古田といっしょにいた刑事か？」

「はい、今岡元彦（いまおかもとひこ）。三十二になる巡査部長。どこに行くときも、連れて行きます」

「で？」

「それが、秋葉原で……」

「メイド喫茶にでも入ったのか？」

「いえ……待ち合わせをしていたような感じに見えましたが、ちょっと目を離したすきに……」

「見失った？」

「タクシーで逃げられてしまって」

ゆうべは小西とは別だったから仕方ないだろう。

三十分ほど遅れて、小西がやってきた。持参したビジネスバッグを開けて、中から書類を取り出した。猟銃等所持許可更新申請書や使用実績報告書の束だ。二センチほどの厚み
がある。

「よくコピーしたじゃねえか」

石井がさっそく中身をあらため出した。

「金庫に入っていたわけじゃないですからね。さっと持ち出して、コピー機にかけてもど
したんですよ。誓約書や医者の診断書まで入れるとけっこうな量になるんで、肝心な書類
だけを頼みました」

「そっちが重要になるんじゃねえか？」

「かもしれないですけど」

「まあまあ、そこまでやったら目につくし」

と結城があいだに入った。

「四月の検査日の資料はどれだ？」

石井が尋ねると、小西は書類を受け取って、該当するページを開いた。

「これですね。三十六人、検査を受けています」

「若い女もいるな。二十八か」

「偏見です、石井さん。クレー射撃をする女の人は増えているんですよ」

寺町が突っ込みを入れた。

「わかった、わかった」石井は言いながら小西から書類を取り戻し、ページをめくった。

「前科持ちはいねえようだな」

「いませんよ。最近は厳しくなっているんですから」

「そうかぁ、おれがいた所轄の保安は、けっこう、ゆるかったぞ」

「昔といまじゃ、ちがいますって」

石井はひとわたり見ると結城に寄越した。

ざっと見てみる。三十六名全員が猟銃を持っていた。五丁も持っている六十代の男もいる。ライフル銃を持っている人間は八人。石井の言うとおり、銃を持つのにふさわしくない人物はいないようだ。どれも受理日の受付印が捺されていた。四月十九日の日曜日に更新したのは十七名。銃の廃止を届け出る銃砲刀剣類等処分依頼書も混ざっている。

「だから、この四月十九日、錦糸町会館の検査でなにかあったんだ。これじゃあ、さっぱりわからん。もっと取ってこいよ」

「これ以上は無理ですって」

「けっ、何度見ても同じだ」

石井は結城から書類をあずかると、机に放り出した。それを、今度は寺町が手に取り、めくり出した。

しばらくして、寺町は首を横にふり、書類を机においた。

「班長、担当検事はどう言っていますか?」

石井が言った。

「塚本次第だ」

「またか……奴が吐かなきゃ、賭博開帳図利で起訴に持ち込めない?」

「従業員だけじゃだめだと言ってる」

「くそっ」

「一課の取り調べはどこまで進んでいるんでしょうか?」

寺町が訊いてくる。

「わからんが、うちがらみの容疑事実と合わせて、叩いているのはまちがいないと思う」

「あの……古田係長のことですけど」

おずおずと口にした寺町の顔を結城はのぞきこんだ。

「奴がどうした?」

「もしですよ、ほんとに古田係長が『抜け』をしたとしたら、相手はだれかなって思って」

「オーナーだろうな」

石井がつぶやく。

「マチ子、小西、あとは古田係長しかいないぞ」

「バカラ台、裏返してみれば、身内かな」

小西が癇に障る句をこぼして、石井が目を吊り上げた。

「冗談も時と場合だ。わかってるのか」

「だから、やりますって。徹底的に古田を追い込みましょう。な、マチ子」

「残業代は出ねえぞ」

「そんなもん、いりませんて」

結城はなにがなんでも、オーナーの情報がほしいと思った。

午後七時半。結城は石井が運転するワゴン車で、本庁にやってきた。地下駐車場に車を入れて、結城は単独で取調室の並ぶ二階に上がった。控え室にいる捜査一課の男に声をかけて、その場で待った。

五分ほどして、剣持がやってきた。

「また何の用だよ？」

剣持は呆れたように言った。

結城は唇をかみしめて、取り調べの様子を訊いた。

「それがな、結城さん、どうも変だ」

「変？　なにが？」

剣持の目つきが厳しくなった。

「生安……てめえらがいちばんわかってる口だろ」

「なにを言いたい」

結城は言った。

「カジノ野郎どものケツ持ちをしているのは生安だろうが」

「聞き捨てならんぞ」

「何度でも言ってやる。今度の摘発も生安の『抜け』があったのは確実だ。聞くところだと、相場は三十万らしいじゃねえか。上納金あげさせやがって。生安はいつでも闇カジノの情報を握っていて、小出しにするらしいな。今度もあったんじゃねえか。ここは摘発するが、今回は見逃せって」

「そんな与太話、どこから聞いた？」

「マル暴の刑事の口はふさげんぞ。ＪＪモデルのようなホステスこそ置けなくなったが、韓国人、中国人、闇金、一般のリーマンも歌舞伎町の闇カジノにもどってきてるらしいじゃねえか」

「くだらん言いがかりはよせ」

「てめえらがいくら浄化作戦をしても、三カ月、じっと我慢して営業を続ければ、しこたま稼げるんだよ。てめえらがいくら挙げたって、いたちごっこだ」

「ばかを言うな。うちは裏カジノの情報が入ったら、即、摘発態勢に入るんだ。まちがっても、情報を流すようなことはしない」

「口だけならなんとでも言えるな」

「剣持……どうなんだ、教えてくれ、塚本はオーナーのことを吐いたか？」

「いちばん困ってるのは、そこなんだよ、生安。毎日毎日、夕方になると弁護士の先生がお見えになって、さんざん入れ知恵してくださるわけだ。このままじゃ、見込みゼロだぞ。どうしてくれるんだ」

「それを調べるのがおまえの仕事だろうが」

結城は啖呵を切って控え室をあとにした。

そのとき、携帯がふるえた。小西からだった。

「たったいま、古田が店に入りました」

「錦糸町か？」

「いえ、愛宕山下」

……そんなところに、何の用があって？

6

「イッさん、新橋へやってくれ」

結城はワゴン車に飛び乗ると、手短に話した。

「それは急だな」

石井はそう言うと口をつぐみ、アクセルを踏み込んだ。地下駐車場から地上に出るスロープで加速させ、表に飛び出した。桜田通りを麻布方面に向かった。結城がカーナビに目指す店の電話番号を入力すると、方向を指示する矢印がまっすぐ先を指した。

虎ノ門三丁目の交差点を左折し、突き当たりを今度は右にまがる。カーナビの指示通り、二本目の一方通行の道に入った。十メートル先に停まっている白のマークXを通り過ぎる。運転席にいる小西と目があった。

「イッさん、この近くで待機」

「了解」

結城はワゴン車をとびおりて、マークXの後部座席に滑り込んだ。

助手席の寺町が、斜め前にある、大理石で覆われたビルの一階の入り口で揺れる暖簾(のれん)を指さした。

〝泉庵(いずみあん)〟

とある。

「これです」

寺町がかざしたスマートフォンには、精進料理店と出ていた。

「今日も車で？」

「いえ、徒歩で署を出て、錦糸町駅から地下鉄を乗り継(つ)いで神谷町(かみやちょう)まで」

「今岡は？」

「今日は古田ひとりです。三十分前に入りました」

結城はスマートフォンに表示された店の情報に目を通した。警官の財布では、心許(こころもと)ない平均予算額だ。

「塚本はなにか吐きましたか？」

小西に訊かれた。

「賭博はむろんだが、例の誤射事件も否認を続けているようだ」

「一課の連中、いずれ落ちるだろうって、のんびり構(かま)えているんじゃないですか？」

　寺町が腹立たしそうに言った。

　一時間後、泉庵の暖簾をかき分けて古田が現れた。店の前に立ち、コートの内側からたばこを取り出して火をつけた。しばらくして、白髪混じりのでっぷりとした男が店から出てきた。ふたりして肩を並べて、愛宕通りに歩いていく。

「マチ子」

　呼びかけると、寺町は耳に無線のイヤホンをはめ、助手席のドアを開けて外に出た。ふたりから死角になるビルの陰に入る。

「小西、手はず通りだ」

　結城は言うと車から降りて、愛宕通りとは逆方向に走った。イヤホンを耳にはめ、

「イッさん、どこだ？」

　と呼びかける。

「日比谷(ひびや)通りを出た角のコンビニの前」

　道路を隔(へだ)てた場所にいるワゴン車を見つけた。

　結城が飛び乗ると同時に、寺町の声が入感する。

〈ただいま、マル被らは、ふたりでタクシーに乗り込み、御成門(おなりもん)方面に向かいました〉

〈よし、追いかけろ〉

〈了解〉

「イッさん、前だ」

石井がアクセルを踏み込むと、結城は身体ごとシートに押さえつけられた。

「了解」

刻々と寺町から状況が入った。

古田らが乗ったタクシーは、赤羽橋の交差点を青山方面に向かった。小西が運転するマークXがぴったりと張りついている。石井も一台おいて、マークXのうしろについた。

「古田とつるんでいる男はだれなんですかね？」

せわしなくハンドルを動かしながら、石井が洩らした。

「わからんが、どっちにしても店の払いはそいつだ」

「いよいよ尻尾を出してきたな」

「まだ油断できないぞ」

「ですね」

タクシーは六本木ヒルズを回りこむように走り抜けた。大使館の建ち並ぶ閑静な住宅街を進み、外苑西通りの角の手前で停まった。

小西にそのまま追い越すように命令し、結城は手前でワゴン車を停めさせた。双眼鏡を目に当て、ふたりのシルエットを追いかける。

雑居ビルの地下に降りていくのを確認した。

「韓国しゃぶしゃぶか」同じように双眼鏡でのぞいている石井が言った。「どうなんでしょうね……班長、わたしが行ってみましょう」

「頼む」

結城は車から降りた石井に代わって運転席についた。

小西の運転するマークXが走ってきて、ワゴン車の手前で停まった。寺町も助手席におさまっている。その場で待機するように命じる。

五分ほどして、石井がもどってきた。

「おお、寒いねぇ」石井の声が弾(はず)んでいる。「つるんでいる男の名前、わかりましたよ。檜山(ひやま)の名前で予約してあります」

「檜山か……はじめて聞く名前だな」

「まあね」

エンジンをかけたまま、その場で待った。

一時間後、店の前にタクシーが横づけになり、ふたりが現れた。

タクシーは六本木通りに向かった。アマンドの交差点でタクシーから降りると、人でごった返す雑踏の中に入り込んだ。

寺町がふたりのあとにつくのを確認し、裏通りに入って待機する。

ふたりが風俗店をはしごし、アマンドの前にもどってきたのは、午前零時をまわっていた。ふたりは別々のタクシーに乗り込み、たがいに反対方向に走り去っていった。

古田の乗ったタクシーを小西にまかせ、結城はみずからハンドルを握って、檜山の乗ったタクシーの尾行に入った。

タクシーは六本木の飯倉インターから都心環状線に乗った。箱崎ジャンクションで七号小松川線へ進路をとった。

錦糸町インターで降りたとき、石井がガッツポーズをした。

「野郎、地元だな」

「そういうこと」

檜山を乗せたタクシーは四ツ目通りを左手にとった。錦糸町駅のガードをくぐり、しばらく北上した。蔵前橋通りの手前で左折し、狭い路地に入った。しばらく行くとタクシーはこぎれいな家の前で停まった。ゆっくりとその脇を通り過ぎる。

檜山の字が彫り込まれた表札を確認する。

「イッさん、あれだ」

「よし。交番へお願いします」

無線で管轄する交番を問い合わせ、すぐそこに向かった。

赤い門灯を見つけた。警官がいる派出所だ。

石井はその中に駆け込み、ほんの三分ほどで出てきた。

「わかりました。檜山長三。長いに漢数字の三で長三。上下水道専門の建設会社を経営。老舗です」

「ビッグスポンサーになれるじゃないか」

「それだけじゃないです。驚かんでください。檜山は猟銃免許所持者です」

「なに？」

結城はまじまじと石井の顔を見つめた。

石井が眉根を寄せて、自分のバッグから書類の束を取り出すのを結城は見つめた。小西がコピーをとらせた猟銃関係の申請書類だ。

石井は車内灯をつけて、めくり出した。中ほどで指を止めた。

「こいつだ」

結城は石井が抜き出した一枚の紙を見つめた。

銃砲刀剣類等処分依頼書。申請者は檜山長三。

申請日、受理日ともに、四月十九日。この春、検査の行われた日付だ。

銃砲刀剣類所持等取締法の規定により、猟銃などの所持は厳格をきわめる。いったん許可を受けた銃器を廃棄処分にする場合も、その都度申請し、該当する銃を警察に差し出さなくてはならない。

「ライフルの廃棄か」

石井がつぶやいた。処分する銃の欄に、ブローニングBAR G4とある。

理由は、「損耗が激しくなったため」だった。

結城は書類の束を受け取り、最初から目を通した。

銃砲刀剣類等処分依頼書はこれ一通だけだ。

石井は書かれている銃の名前を指でつつき、

「もしかすると、こいつ『ねむり銃』の別バージョンか」

と小声でつぶやいた。

結城もそのことを考えていた。「ねむり銃」というのは、正式な届けが出ているにもかかわらず、使われていない銃のことを指す警察用語だ。しかし、今回の銃は、正式な処分届けが出ているにもかかわらず、廃棄されずに残っている……。

「この書類が出されたのは、四月十九日の日曜日。その日、会場では、なにやら銃の暴発めいた騒ぎがあった……」

石井が一語一語たしかめるように言った。

「なにか、気になることでも？」

と結城は声をかけた。

「いえね、このライフル処分でしょ。それに」

「奥多摩の誤射の件？」

「そうとは限らないですよ。でも……」

そのとき、携帯がふるえた。小西からだった。

「田無(たなし)です。やっこさん、自宅にもどりました」

「よし、ご苦労。帰れ」

「了解」

結城は携帯を切り、助手席をふりかえった。

「明日朝いちばんでたしかめてみるかな」

結城が言うと、石井は深くうなずいた。


翌朝九時。

結城は、ワゴン車に小西と寺町を待機させ、石井とふたりで錦糸町会館に入った。館長の内藤に、第一集会室に入る旨(むね)を伝えて二階に上がった。

先日も見たとおり、第一集会室はがらんとしていた。横幅は八メートル、奥行きは十二メートルほどだろうか。天井は低かった。薄ピンク色の収納庫の扉を開けると、折りたたみ式のパイプ椅子(いす)と長机がおさめられていた。

石井とふたりして、部屋のあちこちをながめた。築十五年というが、壁は黒ずんで床もかなり傷んでいる。

結城は四月十九日に、ここで行われた銃砲検査の様を頭に描いた。結城も地域課勤務のとき、何度か実際の検査をのぞいたことがある。

二日間かけて行われたのだから、当日もさほど混んではいなかったはず。

まず、入り口に近いところにいる生活安全課の警官が、所持許可更新申請書の中身をチェックする。慣れない警官でもできるから、これは今岡が受け持ったか。手慣れた警官だと、「なんで猟銃なんか持つの?」とぶっきらぼうに問いかけたりする。そう言われた申請者は、あわてふためき、クレー射撃をやろうと思います、などと答える。申請書に会社員とだけ書いてあるような場合は、必ず会社名を問う。最後に前科持ちかどうか問われて、ようやく受理されるのだ。

石井が部屋の真ん中に突っ立ったまま、うつむいて床をのぞきこんでいた。

結城もそこに近寄った。

石井の視線は、真四角のフローリングの床板に落ちていた。

まわりの板はどれも黄ばんで、赤茶色に変色しているが、その一枚だけは艶々(つやつや)と光っている。

「取り替えられてますね」

「そうみたいだな」

石井と同じように、結城もそこで板を見つめた。

「まだ、間がないですね」

「うん、一年かそこら」

「もっと新しいかもしれないですよ」

「どうだろうな」

「確認してみますか？」

「わかるかな？」

「どうでしょう」

集会室を出て、一階のスタッフルームにもどった。

館長に建物の修繕記録を見せてもらうように頼んだ。

結城は石井と手わけして、渡されたチューブファイルをめくった。なかほどで、結城はそれらしいものを見つけた。

床修繕の領収書だ。金六千五百円。二階の集会室の床だ。部材は一枚のフローリング板。あの場所だ。

館長の内藤に見せて確認した。

「ああ、それですね」内藤は言った。「まるまる一枚はがれていたので、修理してもらいましたよ」

「はがれていたというと、もとの板は？」

「たしか、なかったですね」

「じゃ、コンクリの床がむき出しになってた？」

「そうでした。あの……なにか？」

「なんでもありません。館長さん」結城は言った。「このことは内密にしておいていただけますか？」

「あっ、はい、わかりました」

錦糸町会館を出て、ワゴン車に乗り込んだ。

中で見たことを話した。

「これはモノホンですね」

小西は言うと、コートの懐から一枚の紙をとり出して結城によこした。

大阪の業者名がメモ書きされている。上松産業。

「バカラ台の製造元です。たったいま、大阪にいる吉祥寺署の人間から連絡が入りました」

「吉祥寺の連中もやるな」

石井がメモをのぞきこむ。

「そこに勤めている人間が、以前もバカラ台の修理をして、大阪府警にパクられているぞうです」

「修理だけで？　厳しいな」

「うちだってやるときはやるんですよ。それだけじゃないです。上松産業からバカラ台を買い上げた連中のリストも押収したといってます。その中に、北進(ほくしん)がありました」

「北進が？」

小西は深々とうなずいた。

北進……檜山が経営している建設会社だ。

「班長、見えてきましたね」

「ああ、見えてきた」

「オーナーは檜山で決まり？」

寺町が口をはさんだ。

「あたりきだろう」

と小西。

ようやく、構図が見えてきた。あとは証拠を押さえるだけだ。それに、補充捜査の必要もある。そちらは大人数をかければ、すぐ済むはずだ。

「用意はできてるな？」

結城が言うと、小西は荷台をふりかえった。

「電動のこぎりも用意しました」

「よし、かかるぞ」

「行きましょう」

7

ミラノの入り口の扉は、電動ドリルでくり貫かれた痕が生々しく残っている。監視についていた生特隊の捜査員に、異常がないかどうか問いただした。

「ありません」

「入った人間もいないな？」

「おりません」

「よし、だれも入れるな」

「了解」

結城は黄色い遮断テープを引きちぎり、扉を開いた。続いて、三人の部下が入ってくる。暗い壁をまさぐり、明かりのスイッチに触れた。押し込むとまばゆい明かりがともった。

調べる場所は一カ所。結城はトイレのドアを引いた。明かりをつける。

一見したところ、小便器のまわりの壁紙はぼろぼろにはがされていた。摘発した夜、墨田署生活安全課保安係長の古田が、部下の今岡とともに入り込んだ唯一の場所だ。

蛇口のついた手洗い場は無傷だ。

結城はシンクの下側を蹴ってみたが、びくともしなかった。

「ここから行こう」

結城がそこを蹴ると、待っていたとばかり小西が電動のこぎりのスイッチを入れた。けたたましい音が狭い空間に満ちた。猛烈な勢いで回転する刃をシンクの下側の台に突き刺すと、そのまま真下に落とし込んだ。厚いベニヤ板が外側に向かって反るように切れていく。

五十センチほどの幅で板をくり貫いた。中があらわになった。

配水管があるだけだ。

結城は奥のドアを開けた。洋式の便器が据えつけられている。窓はない。こちらも壁紙はずたずたに引き裂かれていた。古田らが手をつけた痕だ。

結城は拳を作り、正面の壁を上から下に向かって叩いてみた。低く重い音がした。右側の壁も同じことをした。こちらも似た音が返ってきた。

左側の壁は、それまでとはちがう乾いた音がした。

注意深く叩いてみる。中が空洞になっているようだ。

くのを結城は見守った。下まで切り下ろしたところで、天井すれすれのところにドリルの刃を差しこんだ。横へ切り裂き、そこから真下に向かって切り込ませる。

切った先から出る木くずが宙に舞った。半分ほど引き下ろしたところで、壁の中がちらっと見えた。やはり、空洞だ。十センチ、いや十五センチはあるか、白っぽい布袋が見えた。

小西が最後に残った下側を切り落とすと、左側の壁全体がむき出しになった。縦に木の骨組みが二本あり、断熱材が下方に寄っている。その骨組みに沿うように、白くて長い布袋が立てかけられてあった。

結城はそれをとり出した。硬い感触があった。トイレから外に出る。

白手袋をはめ、袋の上側にある結び目をほどいた。

中にあるものをつかんで、ゆっくりと引き抜いた。黒々とした銃身が現れた。ライフル銃だ。しかも大口径。銃の腹は銀色の手彫り装飾が施されている。ブローニング社の刻印があった。

結城の脳裏に、摘発した夜のことがよみがえった。

摘発を手伝うと言って、古田係長が迷うことなく、このトイレの中に入ったときのことだ。あのとき、たしかに古田と今岡は壁紙を裂いた。しかし、それ以上のことはしなかった。途中からトイレのドアを閉め、外の様子をうかがった。頃合いを見計らって、彼らはトイレから出てきた。そして結城に向かって、「トイレの中はなにもなかった」と報告したのだ。壁の中にはこのライフル銃があることを知っていながら。

知っていたからこそ、ふたりはトイレにこもったのだ。

摘発情報を知ったのは、当日、もしくは前日だったはず。しかし、生特隊が店を張り込んでいるから、中に入れない。だから、摘発がはじまるのを待つしかなかったのだ。

「とんでもないもんが出てきたな」

石井が呆れたように言った。

「まったく。小西」

「はい」

「たのむぞ」

「了解」

小西は袋ごとライフルを預かると店から出ていった。

「さてと、マチ子、用意はいいな？」

結城に言われて、寺町はチノパンのポケットから紙をとり出した。

「控えてきました」

四月十九日の銃砲検査に、警察側の協力者として参加したふたりの民間人の住所と名前だ。ひとりは銃砲保安協会。もうひとりは地元の猟友会に所属している。

「保安協会のほうは専属か？」

石井がそれを見て訊いた。

「いえ、嘱託です。いまの時間帯は自宅にいると思います」

石井はそれを聞いて結城の顔を見やった。

「とにかく、どちらかが知っているはずですね」

「知らなきゃ吐かせるまでだよ、イッさん」

あの日……四月の日曜日の午後、検査に立ち会った人間が知らないはずはなかった。


翌日。

午後六時。日の落ちた通りは車の往来が激しくなった。結城は暖房で温まったワゴン車の後部座席から墨田署の正面玄関を見ていた。勤務時間はとっくに終わり、当直時間帯に入っている。ほとんどの職員は帰宅の途についたものの、肝心の男は姿を見せない。

ドアが開いて小西が乗り込んできた。

「おう、ご苦労」珍しく石井がねぎらいの言葉をかけた。「しかし、時間を食ったな。足かけ二日だぞ」

「無理言わないでくださいよ。今日の午後には出たじゃないですか」

「もう、細かいことを言わないでください」

　寺町が割って入った。

　ミラノで見つかったライフルの銃弾の線条痕(せんじょうこん)検査をしてもらうために、小西は鑑識課に出向いていた。検査には、該当するライフルから発射された銃弾が要るが、本庁では実銃を撃つことができないから、江東区の術科センターの射撃場で銃を撃つ必要があったのだ。それが今日の午前。そのあと、鑑識課にもどった小西から、線条痕検査の結果、奥多摩の林業作業員、古谷満夫(ふるやみつお)が撃たれた銃弾と線条痕が一致したという報告を受けたのが午後三時のことだった。

「で、どうです?」

　小西が首を長く伸ばして正面玄関をのぞいた。

「まだですよ、そんなに焦らなくても大丈夫ですから」

　と寺町。

「だめだめ、急がないと、ね、班長」

　結城は答えず、懐にしまってある二通の逮捕状のことを思った。

　墨田署生活安全課保安係長、古田邦男警部補、ならびに、同、保安係、今岡元彦巡査部長に対する虚偽有印公文書作成・同行使罪の逮捕状だ。犯人隠避(いんぴ)罪については、取り調べの進んだ段階でとる手はずだ。

「檜山は、もう捕ったんですか？」

「まだだって」石井が小西の後頭部を小突いた。「こっちが終わり次第、向こうに連絡がいく。それからだ」

檜山についても、銃刀法の不当装てんの容疑で逮捕状が出ている。ドアを外から叩く音がしてふりかえると、険しい面持ちをした剣持がのぞきこんでいた。結城はドアをスライドさせて車から降りた。

硬いアスファルトから冷気が伝わってくる。

「うちに知らせねえで勝手にフダ（逮捕状）を取るたぁ、どういう料簡なんだ」

怒気（どき）を含んだ口調で剣持は切りだした。

「檜山のことか？」

「あたりめえだ。鑑識からついさっき、報告が上がってきたばかりだ。いったい、どういうことなんだ？」

「そっちに知らせる義理も道理もないからな」

「ほざくな、生安、わかってるのか？　こんなとこで、こそこそしやがって」

「言いがかりはよせ。古田のことは聞いたのか？」

鑑識から大まかな話は聞いているのだろう。結城が訊くと剣持はうなずいた。「いつから、監察気取りになったんだ？」

結城がにらみつけると、剣持はほんの一瞬、目をそらした。

「よく聞け。八カ月前の四月十九日だ。墨田署の生活安全課が錦糸町会館で銃砲検査をした」

「そんなこたぁ、知ってる。わからねえのは、それから先だ」

「銃の検査を受ける者は、自宅で弾を抜いて検査会場に持参しなくてはならないことを知ってるな？」

「常識じゃねえか」

「しかし、それを檜山は怠った」

剣持の眉が吊り上がった。

「檜山は検査のとき、油断していた。持っていたライフル銃に弾が装填されているのを忘れて、引き金に指が引っかかったんだよ。運良く銃口を下に向けていたので床に穴が開いただけで済んだんだ。検査を手伝っていた保安協会の人間が一部始終を目撃している」

「そいつのところに行ったのか？」

「供述調書をとってきた。犯人隠避容疑で引っ張ってある」

剣持はワゴン車のドアに手をあてて、首をすくめた。

「剣持、貴様が知りたいのは檜山の銃だろ？」

「さっさと言え。どんな代物だ？」

「ブローニング社のBARG4っていう、アメリカ製の銃だ。銃の腹に一丁一丁手彫り装飾がほどこされ、しかも、檜山の銃は特注になってる。マニアのあいだでは、百万以上で取り引きされるきわめつけの逸品だ」

「そんなことはいい。十一月十五日の午後一時半のことだ。檜山の野郎は山の中にいて、その銃を撃ったのか?」

「板倉っていう檜山の猟仲間から裏を取った。十五日当日、檜山は板倉といっしょに奥多摩に入る約束をしていたが、あいにく板倉に用事ができて行けなくなった。猟の解禁日で撃ちたくてうずうずしていたが、檜山ひとりじゃ、山歩きは心許ない」

「それで、塚本を連れていった?」

「檜山がいつも使っているガソリンスタンドで確認した。この日の朝、檜山は塚本が運転するランドクルーザーに乗ってやってきた。支払いは檜山で、ガソリンを満タンにしていったそうだ」

「くそっ、野郎」

「先回りして悪かったな」結城は言った。「だがな剣持、耳をかっぽじって聞け。四月の検査日のことだ」

剣持は顔を背けたまま、聞き入る素振りを見せた。

「檜山が検査会場にやってきたのは、終了間際の午後三時半。その場には、古田と古田が可愛がっている今岡っていう巡査部長、それに銃砲保安協会と猟友会の男の四人しかいなかった。檜山の銃検査を担当していたのは、今岡だ。事が露見したら今岡ばかりじゃなく、古田自身も監督不行届で懲罰対象になることはわかりきっていた」

「……そっちも隠蔽(いんぺい)したってことか」

「聞け、ここからが肝心だ。檜山は連中より一枚も二枚も上手だ。古田が五年前に墨田署に着任してから、少しずつエサを投げて、いまじゃ、金と酒と女漬けだ。古田は檜山の言いなりなんだよ。どうやって、そこまで飼い慣らしたかわかるか？」

「もしかして、ミラノ……？」

結城は大仰にうなずいた。

「ミラノは檜山がオーナーだ」

「摘発情報も筒抜けか……」

「吉祥寺の本部から洩れたと見てまちがいない。だが、摘発日の直前だったから、古田も指をくわえて待っているしかなかったんだ」

「まぬけどもめ」

「ほざくな。銃は見たのか？」

「写真で見ただけだ。檜山の家にあったのか？」

結城が見つけた場所を口にすると、剣持は信じられないという顔で結城を見た。

「どうして、そんなところにあるのがわかった？」

「だから誤射事件だ。奥多摩で誤射があったのは、十一月十五日。猟の解禁日だ。新聞で流れ弾の銃弾が見つかったことも書かれていた。一課が東京じゅうのライフルの持ち主を片っ端から当たり出して、檜山は震え上がった。いずれは、自分の撃った弾だとわかってしまうからな。檜山は一計を案じた。古田に相談をもちかけたんだよ」

結城は、檜山の手によって書かれた銃砲刀剣類等処分依頼書の写しを剣持に見せた。

剣持はじっとながめてから、

「まさか、古田が……」

とつぶやいて、結城に目をくれた。

「申請も受理日も、検査のあった四月十九日」

「……こいつは偽造文書なのか？」

「言ったろ。高額で簡単に手に入れることはできない銃だ。板倉によれば、檜山は子供を愛でるように扱っていたらしい。檜山は死んでも手放したくなかったんだ」

そのとき、ドアがスライドして開き、石井が顔を見せた。

墨田署の正面玄関に目をやると、コートを着たふたり連れが現れた。

古田と今岡だ。

「かかるぞ」

結城は言うと車に乗り込んだ。

「生安……」

剣持のうめくような声が聞こえた気がした。

結城はラーメン屋で猟銃の登録更新にまつわる噂話(うわさ)を聞いたときのことを思い出していた。あのとき、しつこく聞き込みをしていなければ、この事件の真相は闇に葬(ほうむ)られていたにちがいない。そう思うとあらためて身が引き締まった。生特隊が受け持つ事案に、人の命を左右するものはない、などと夢にも思ってはならない。肝に銘(めい)じなくては。今岡と談笑する古田が近づいてくる。これからが勝負だ。警官たる者が人殺しの犯人を隠蔽し、金まで懐にしている。ここで引っぱったが最後、たっぷりと吐かせてやる。一課に引き渡すのは年が改まってからでいい。それが済んで、絵里の入試も一段落したら、美和子を連れて久しぶりに温泉にでも行くか。留守は絵里にまかせて。

結城はひざにおいた拳を握りしめ、前をにらみつけた。

解説――真相に至る地道な捜査に思わず唸る！

ライター　小出和代

　警察小説と言われて真っ先にイメージするのは何だろう。警視庁捜査一課に代表される殺人事件の捜査模様だろうか。制服姿で交番に立つおまわりさんの活躍だろうか。交通、鑑識、公安などなど、特定の部署を思い出す人もいるかもしれない。

　本作『境界捜査』で描かれるのは、警視庁生活安全部に所属する生活安全特別捜査隊である。『聖域捜査』に続くシリーズ第二弾だ。第三弾『伏流捜査』までが二〇一〇年代に集英社で刊行され、この度改めて祥伝社から再刊行の運びとなった。

　シリーズを牽引する中心人物は、生安特捜隊班長の結城公一警部だ。身長百八十センチ、がっしりと厚みのある身体をしている。刑事を目指していたのだが、熱意が逆に徒となって、なかなか希望を叶えられずにいた。所轄の交通課と地域課を行き来した後、四十歳でようやく任命されたのが、警視庁生活安全部特別捜査隊の班長だった。

　生活安全部が対応する事案は、風俗取締や少年事件、サイバー犯罪、ＤＶ、ストーカー、ゴミの不法投棄から騒音トラブルまで多岐にわたる。作中の説明によると、警視庁生活安全特捜隊は全部で二百人ほど。十二名ずつの班に分かれ、それぞれ班長が指揮を執(と)る。結城は第二班の班長だ。班の中はさらに三つの組に分かれており、それぞれの組のリーダーを三名の警部補が担っている。

このうちの一人、石井誠司(いしいせいじ)警部補と結城の相性が良い。結城より一回り以上年上の五十六歳、休日は都民農園で土いじりをするのが趣味という男だ。時に無理を通そうとする結城をなだめたり、逆に背を押したりする役どころである。石井の組には若手が二名おり、一人は捜査の合間にヘタな俳句を詠(よ)む小西康明(こにしやすあき)巡査部長、三十二歳。もう一人は新人捜査員の寺町由里子(てらまちゆりこ)、二十八歳。『境界捜査』は、結城、石井、小西、寺町の四名を中心に描かれている。

『境界捜査』は短編集だ。収録されている作品は四つ、「空室(くうしつ)の訪問者(ほうもんしゃ)」「崖(がけ)の葬列(そうれつ)」「ペドファイル」「ねむり銃(じゅう)」である。

「空室の訪問者」は、国際小包に覚醒剤(かくせいざい)が入っているという税関の一報を受け、結城らが受取人を取り押さえるところから始まる。動かぬ証拠は揃(そろ)っているのに、受取人は身に覚えがないと主張する。単なる言い逃れなのか、それとも。組織犯罪対策部との対立や駆け引きがあり、ちょっとしたタイムリミットサスペンスの様相も見せる一作だ。

「崖の葬列」では、動物の死体が大量に遺棄(いき)されているのが見つかり、結城たちの班が駆(か)

り出される。ペットの飼い主や動物病院などに聞き込みを重ねていくうちに、彼らはあるものを発見する。結城家の事情も描かれる作品であり、事件の真相とあわせて、何ともやるせない。

「ペドファイル」は、ハイテク犯罪対策総合センターがサイバーパトロール中に見つけた、女児の全裸写真が発端となる話だ。被写体の少女が通う学校を特定し、結城らは聞き込みに向かう。だが、学校側の反応はどこか奇妙だった。寺町由里子の粘りが光る好編である。

「ねむり銃」はバカラ賭博の大掛かりな検挙から始まる。しかし、店のオーナーがなかなか見つからない。一体どこの誰なのか。捜査を続ける中、結城たちは隠蔽されていた別の事件に気づく。

縁の下の力持ちとも言うべき部署が主役のシリーズなので、事件は決して派手ではない。だが、真相に至る地道な道筋にこそ面白さがある作品群だ。事件の入口で見えていた景色と、結末に現れる景色に差があるものも多く、意外さも充分に楽しめる。妙な喩えだが、近道だと思って踏み込んだ路地が、案外入り組んでいることに気づいて動揺するのに似ているのだ。そのうち見知った場所に行き当たり、「あ、こんなところに出るのか」と驚く。『境界捜査』を読むと、まさにそういう声が漏れてしまうのである。

ちなみにこの作品、二〇一四年十一月にテレビ朝日でドラマ化されている。『聖域捜査』

収録の「散骨」をベースにした単発ドラマだ。独自のアレンジがなされていて、結城の上司である生安特捜隊副隊長が男性から女性に変更されていたり、雑木林で発見される手掛かりが少し違っていたりする。時々BSなどで再放送されているようなので、縁があれば見ることができるかもしれない。個人的には、『境界捜査』収録の「空室の訪問者」や「ねむり銃」なども、ぜひドラマで見てみたいと思う。

本書を面白いと思った人には、同じ祥伝社文庫の赤羽中央署生活安全課シリーズもおすすめしておきたい。現在、『限界捜査』『侵食捜査』『ソウル行最終便』『彷徨捜査』の四冊が出ている。こちらは四十歳目前の疋田務警部補を中心に、中堅の女性捜査員小宮や、新米巡査の野々山などがチームとなって捜査を行う、長編小説シリーズである。同じ生活安全課の事件ではあるが、結城シリーズ以上に、大きな事件に発展しやすい。特に『ソウル行最終便』は国を跨いだ産業スパイの話であり、シリーズの中でも規格外で目立っている。地道な捜査の話も好きだけれど、たまには国際的なスケールの話も読んでみたいという読者に、うってつけのシリーズだ。安東能明はこういう大掛かりな話も得意なのである。

ここで著者の略歴に触れておこう。安東能明は一九九四年、『死が舞い降りた』で日本推理サスペンス大賞を受賞してデビュー。二〇〇〇年に『鬼子母神』で第一回ホラーサスペンス大賞特別賞を、二〇一〇年には「随監」で日本推理作家協会賞短編部門を受賞した。この「随監」を収録した『撃てない警官』がヒットし、優れた警察小説の書き手として注目されることとなる。エリートコースから転落した若き警部、柴崎令司を主人公とした『撃てない警官』シリーズは、出世欲と正義の間で揺れ動く男たちの姿を描き出しており、愛読するファンも多い。

今は警察小説を基盤としている安東だが、デビュー後しばらくは、サスペンスを多く書いている。『鬼子母神』は虐待を扱ったサスペンスだし、『予知絵』（現在は『死紋調査』と改題）には死を予告する絵画が登場して、ホラーのような怖さがある。箱根駅伝を題材にした『強奪箱根駅伝』や、青函トンネルをめぐる『ポセイドンの涙』（現在は『水没青函トンネル殺人事件』と改題）、金塊を強奪して走る『漂流トラック』など、大仕掛けのサスペンスをいくつも刊行した。先に挙げた『ソウル行最終便』は、元来の安東能明が顔を出したとも言えるだろう。ちなみに二〇二一年には安東能明の生まれ故郷で実際に起きた冤罪事件を基にした『蚕の王』を上梓している。

余談だが、安東は『漂流トラック』を書く折、取材のために長距離トラックを乗り継いで、網走から鹿児島まで日本縦断したという。調べるならとことんやらないと納得できないらしい。このエピソードは、安東能明の公式サイトで読むことができる。著作一覧はもちろん、ドラマ化やエッセイなどの情報も掲載されているので、ファンはチェックしてみるとよい。

さて、結城公一シリーズは、このあと『伏流捜査』が祥伝社文庫として発売される予定だ。これで「赤羽中央署生活安全課」と「警視庁生活安全部特捜隊」二つの生安シリーズが、同じレーベルに並ぶことになる。生安の捜査官どうし、ひょっとしたら結城も疋田も、互いのことを知っているかもしれない。それぞれの捜査員が、同じ事件に関わったことがあるかもしれない。想像するだけでも、楽しくなるのである。

《参考文献》

『麻取や、ガサじゃ！　麻薬Gメン最前線の記録』高濱良次　清流出版

『モンスター・ペアレントのありえないジョーク集　現役教師が語る』上田小次郎　CCRE

『親は知らない　ネットの闇に吸い込まれる子どもたち』読売新聞社会部　中央公論新社

そのほか、雑誌・インターネット記事を参考にしました。記して御礼申し上げます。

（この作品『境界捜査』は平成二十四年三月、集英社より文庫版で刊行されたものに加筆・修正したものです）

境界捜査

一〇〇字書評

切り取り線

購買動機（新聞、雑誌名を記入するか、あるいは○をつけてください）

□（　　　　　　　　　　　　）の広告を見て	
□（　　　　　　　　　　　　）の書評を見て	
□ 知人のすすめで	□ タイトルに惹かれて
□ カバーが良かったから	□ 内容が面白そうだから
□ 好きな作家だから	□ 好きな分野の本だから

・最近、最も感銘を受けた作品名をお書き下さい

・あなたのお好きな作家名をお書き下さい

・その他、ご要望がありましたらお書き下さい

住所	〒				
氏名		職業		年齢	
Eメール	※携帯には配信できません	新刊情報等のメール配信を 希望する・しない			

この本の感想を、編集部までお寄せいただけたらありがたく存じます。今後の企画の参考にさせていただきます。Eメールでも結構です。

いただいた「一〇〇字書評」は、新聞・雑誌等に紹介させていただくことがあります。その場合はお礼として特製図書カードを差し上げます。

前ページの原稿用紙に書評をお書きの上、切り取り、左記までお送り下さい。宛先の住所は不要です。

なお、ご記入いただいたお名前、ご住所等は、書評紹介の事前了解、謝礼のお届けのためだけに利用し、そのほかの目的のために利用することはありません。

〒一〇一－八七〇一
祥伝社文庫編集長　清水寿明
電話　〇三（三二六五）二〇八〇

祥伝社ホームページの「ブックレビュー」からも、書き込めます。
www.shodensha.co.jp/bookreview

祥伝社文庫

境界捜査

令和 4 年 1 月 20 日　初版第 1 刷発行

著　者　安東能明（あんどうよしあき）
発行者　辻　浩明
発行所　祥伝社（しょうでんしゃ）
東京都千代田区神田神保町 3-3
〒101-8701
電話　03（3265）2081（販売部）
電話　03（3265）2080（編集部）
電話　03（3265）3622（業務部）
www.shodensha.co.jp

印刷所　堀内印刷
製本所　ナショナル製本
カバーフォーマットデザイン　芥 陽子

Printed in Japan ©2022, Yoshiaki Ando　ISBN978-4-396-34783-3 C0193

祥伝社文庫の好評既刊

石持浅海　わたしたちが少女と呼ばれていた頃

教室は秘密と謎だらけ。少女と大人の間を揺れ動きながら成長していく。名探偵碓氷優佳の原点を描く学園ミステリー。

恩田　陸　不安な童話

「あなたは母の生まれ変わり」――変死した天才画家の遺子から告げられた万由子。直後、彼女に奇妙な事件が。

恩田　陸　puzzle〈パズル〉

無機質な廃墟の島で見つかった、奇妙な遺体！　事故？　殺人？　二人の検事が謎に挑む驚愕のミステリー。

恩田　陸　象と耳鳴り

上品な婦人が唐突に語り始めた、象による殺人事件。彼女が少女時代に英国で遭遇したという奇怪な話の真相は？

恩田　陸　訪問者

顔のない男、映画の謎、昔語りの秘密――。一風変わった人物が集まった嵐の山荘に死の影が忍び寄る……。

垣谷美雨　子育てはもう卒業します

就職、結婚、出産、嫁姑問題、子供の進路……ずっと誰かのために生きてきた女性たちの新たな出発を描く物語。

祥伝社文庫の好評既刊

近藤史恵　カナリヤは眠れない

整体師が感じた新妻の底知れぬ暗い影の正体とは？　蔓延する現代病理をミステリアスに描く傑作、誕生！

近藤史恵　茨姫（いばらひめ）はたたかう

ストーカーの影に怯（おび）える梨花子（りかこ）。整体師合田力（ごうだりき）との出会いをきっかけに、初めて自分の意志で立ち上がる！

近藤史恵　Shelter〈シェルター〉

心のシェルターを求めて出逢った恵といずみ。愛し合い傷つけ合う若者の心に染みいる異色のミステリー。

笹本稜平　未踏峰

ヒマラヤ未踏峰に挑む三人。祈りの峰（ピンティ・チュリ）と名付けた無垢の頂（いただき）に、彼らは何を見るのか？　魂をすすぐ山岳巨編！

笹本稜平　南極風

眺望絶佳（ちょうぼうぜっか）な山の表情と圧巻の雪山行、そして決して諦めない男の法廷対決を描く、愛と奇跡の感動作。

笹本稜平　分水嶺

厳冬の大雪山で幻のオオカミを探す山岳写真家と仮釈放中の男二人。真摯な魂と奇跡を描いた本格山岳小説。

祥伝社文庫の好評既刊

半村 良
黄金の血脈【人の巻】
〝徳川方か豊臣方か?〟歴史の荒波に踊らされる数奇な運命。壮大な構想で関ヶ原後の暗闘を描く時代巨編!

東川篤哉
ライオンの棲む街
平塚おんな探偵の事件簿1
〝美しき猛獣〟こと名探偵・エルザ×地味すぎる助手・美伽。地元の刑事も恐れる最強タッグの本格推理!

東野圭吾
ウインクで乾杯
パーティ・コンパニオンがホテルの客室で服毒死! 現場は完全な密室。見えざる魔の手の連続殺人。

東野圭吾
探偵倶楽部
密室、アリバイ崩し、死体消失……政財界のVIPのみを会員とする調査機関・探偵倶楽部が鮮やかに暴く!

矢月秀作
D1 警視庁暗殺部
法で裁けぬ悪人抹殺を目的に、警視庁が極秘に設立した〈暗殺部〉。精鋭を擁する闇の処刑部隊、始動!!

矢月秀作
警視庁暗殺部 **D1 海上掃討作戦**
遠州灘沖に漂う男を、D1メンバーが救助。海の利権を巡る激しい攻防が発覚した時、更なる惨事が!